KB126490

닳지 않는 사탕을 주세요

파란시선 0050 닳지 않는 사탕을 주세요

1판 1쇄 펴낸날 2020년 1월 30일
지은이 오영미
디자인 최선영
인쇄인 (주)두경 정지오
펴낸이 채상우
펴낸곳 (주)함께하는출판그룹파란
등록번호 제2015-000068호
등록일자 2015년 9월 15일
주소 (10387) 경기도 고양시 일산서구 중앙로 1455 대우시티프라자 B1 202호
전화 031-919-4288
팩스 031-919-4287
모바일팩스 0504-441-3439
이메일 bookparan2015@hanmail.net

ⓒ오영미, 2020, printed in Seoul, Korea

ISBN 979-11-87756-60-6 04810
     979-11-956331-0-4 04810 (세트)

값 10,000원

닳지 않는 사탕을 주세요

오영미 시집

시인의 말

너와 소풍을 떠났다

풀밭에서 점심을 먹었다

낡은 이어폰을 나누어 끼었다

이따금 입을 맞추었다

죽을 만큼 행복해, 네가 말했다

나는 웃으며 내 목을 부러뜨렸다

차례

시인의 말

제1부
그날은 페퍼민트라는 발음처럼 - 11
정동진 썬크루즈 호텔 라운지 - 12
은판 사진 - 14
소녀, 소녀를 만나다 - 16
두둥실 떠올라 나풀거리던 - 18
소녀, 소녀를 만나다 - 20
점심시간 - 22
너는 나와 어울리지 않아 - 24
입안 가득 돌멩이가 - 26
고소하고 아늑한 - 28
일주일 전 이사 온 프레디 크루거 씨가 건네준
    팥 시루떡을 달게 베어 물자 - 30
차갑고 푸른 - 32
밑바닥 가득 가라앉은 - 34
열아홉 - 36
과민성대장증후군을 앓던 요안나가 화장실 타일 바닥에
    휘갈긴 메모 - 38
까미유 씨에게 꼭 맞는 코트는 어디에 있나 - 40
마터스 - 42

제2부
터키쉬 딜라이트 - 45
다른 사람을 위한 계절 - 46

세계의 끝, 여자 친구라고? - 48

금빛으로 네모반듯한 - 50

여름, 날카롭게 무르익은 - 52

닳지 않는 사탕을 주세요 - 54

라 비 앙 로즈 - 56

헤어짐의 예의 - 58

하얗고 연약한 - 59

애인에게 사지가 찢어발겨지기 직전의 루고시가

　　　밀크 캔디를 한 움큼 삼킨 뒤 쓴 유서 - 60

이유를 알려고 하지 말아 줘 - 61

정신 나간 베이비 - 62

마리모는 물만 자주 갈아 준다면 무럭무럭 자라납니다 - 64

합정역 딜라이트 스퀘어 - 66

각설탕 - 68

포스트 모템 - 70

라무네 - 72

이런 슬프고도 연둣빛 나면서도 정직한 농담 - 74

제3부

불거진 여드름이 하나, 둘 - 77

한없이 부드러운 쪽갈비 - 78

오라, 달콤한 죽음이여 - 80

넌 사랑스러운 집고양이야 - 82

여자는 허벅지 - 84

취사가 완료되었습니다 - 86

식사 시간 - 88

오늘도 반질반질한 타티 씨를 위해
　　　발모제를 발라 드릴게요 - 90

다락방에 핀 푸르스름한 꽃 - 92

어둠이 내 뺨을 후려쳤다 - 93

기억의 절반이 새로운 집을 짓고 - 94

여고생에 관한 평범한 필름 - 96

제가 그쪽으로 가겠습니다 - 98

매력적이고 상냥한 피핑 톰 씨 - 100

편도 결석 - 101

말만 하세요 - 102

아주 사적인 티눈 - 104

화장실의 하나코 씨 - 106

팔리지 않는 소설가 - 108

한 번의 장례식 - 110

분홍 구두 - 111

해설

박상수 여성의 말, 귀신의 말 - 114

제1부

그날은 페퍼민트라는 발음처럼

너에게 엄마가 어디 있어? 네 엄마는 제초제를 마신 지 한 시간 만에 내장이 말라 버려 병원에도 못 가고 죽었잖아! 올랴가 폴랴를 향해 울며불며 소리쳤다. 올랴가 유달리 아끼던 마론 인형의 길고 긴 연두색 머리칼을 폴랴가 싹둑 잘라 낸 참이었고 발랴는 그런 두 사람 사이에서 고장 난 시계추처럼 껌벅껌벅 졸고 있었다. 올랴의 갑작스러운 외침에 놀란 오후 한 시의 태양이 긁고 있던 부스럼을 엉겁결에 뜯어냈고 세 사람의 정수리로 태양이 떨어뜨린 고름이 죽은 새의 떨어져 나간 부리 조각처럼 박혔다. 수천 개의 알록달록한 다리를 가진 어색함이 세 사람의 주변을 부스럭부스럭 기어 다니기 시작했다. 평소라면 폴랴가 어색함을 재빨리 밟은 뒤 솜씨 좋게 양변기에 버렸겠지만 오늘의 폴랴는 그러지 않았다. 발랴는 여전히 시계추처럼 태평하게 졸고 있었다.─사실은 졸고 있는 척하며 부들부들 떨고 있을 따름이었다.─이윽고 폴랴가 롱다리 마론 인형의 모가지를 어렵지 않게 부러뜨리더니 올랴의 어금니를 향해 있는 힘껏 던졌다. 우리 엄마는 죽지 않았어, 피에 절은 어금니를 쥔 채 앙앙 우는 올랴를 똑바로 바라보며 폴랴가 연거푸 말했다. 우리 엄마는 죽지 않았어. 엄마는 죽지 않았어, 나는 죽지 않았어. 아무도 죽지 않았어.

정동진 썬크루즈 호텔 라운지

"좋은 사람들과 같이 식사하는 것만큼 즐거운 일도 없지?" 이곳에 온 이후로 내내 햇빛 좋은 날, 발밑에서 알알이 터지는 포도 알처럼 미소 짓던 언니는 내가 냅킨에 몰래 글을 쓰는 걸 알아채고는 언제 그랬냐는 듯 말끔하게 미소를 닦았다. 은빛 포크를 탁, 소리가 나게 내려놓은 언니가 눈 깜짝할 사이에 내 손에서 냅킨을 빼앗았다. 그러고는 주방장이 완벽한 반숙으로 익혀 낸 달걀노른자에 냅킨을 푹, 푹 찍었다. "어서 먹으렴. 맛있을 거야. 정말이야." 어느새 분노로 깊게 숙성된 언니의 미소가 와인 잔에 담겨 찰랑거렸고 노른자와 흰자에 검게 스며든 활자들은 그 형체를 알아볼 수 없게 되었다. "너는 항상 그런 식이야!" 죽은 바지락처럼 꾹 다문 내 입을 나이프로 잘라 후식으로 나온 팬케이크와 함께 먹어 치운 언니가 침을 방울방울 튀기며 소리쳤다. 차라리 입을 잃어버려서 다행이라고, 열 손가락을 잃어버렸으면 창문을 깨고 뛰어내렸을지도 모르겠다고 생각하며 나는 차분하게 언니의 외침을 들었다.

남들과어울릴줄도모르고분위기도맞출줄모르는네가창피하고한심해어째서너같은인간이나의가족이랍시고곁에

붙어있는걸까?지금이상황도은유와비유로적당히얼버무려서나중에글이랍시고하얀백지에줄줄이써내려가겠지너는너무뻔해너무뻔하다고!

소스를 듬뿍 친 스테이크를 입안으로 나르느라 바쁘던, 거기 있는 줄도 몰랐던 형부가 갑자기 부러질 듯이 허리를 잡고는 웃음을 터뜨렸다. "이런 인간들과 같이 식사하는 것만큼 끔찍한 일도 없지!"

은판 사진

그 아이는 내내 말이 없었다 그저 입꼬리를 분홍 리본처럼 말아 올릴 뿐이었다 아이가 보랏빛 음료를 한 모금 나눠 주며 나를 새하얗게 쳐다보았다 나는 그것을 마시지 않았고 아이는 그럴 줄 알았다는 듯 고개를 끄덕이고는 나풀나풀 사라졌다 플라스틱 싸구려 머리띠가 유달리 새까만 그 아이의 머리칼 위에서 반짝였다

어젯밤에 혹시 죽은 아이가 나온 꿈을 꾸지 않았니? 점심시간, 내 주위로 삼삼오오 모여든 눈동자들은 유달리 둥글고 커다랬다 뒤쫓아 오는 동네 바보를 피하려다가 그만 차에 치여서 죽고 말았다지 뭐야! 무슨 소릴 하는 거니? 제멋대로 무단 횡단을 하다가 동네 버스에 치인 거라고 들었는데! 시끄러운 소리들이 손바닥에서 튕겨 나간 공깃돌처럼 바닥을 뒹굴었다

나는 고개를 가로저었다 아니, 간밤에 꿈 따위는 꾸지 않았어 꿈이라고는 새끼손톱 끝에 겨우 남은 봉숭아 물만큼도 꾸지 않았는걸 그러자 눈동자들은 내 조그맣고 창백한 살갗에 눈독을 들이기 시작했다 너, 봉숭아 물이 죄다 빠졌구나 우리가 새로 예쁘게 들여 줄게! 어느덧 점심시

간은 고등어조림 냄새와 함께 멀어져 가고 있었다

　집으로 돌아오는 골목길, 목에 걸려 도무지 나오지 않던 고등어 가시를 고인 웅덩이에 마구 토해 냈다 웅덩이의 시작과 끝에 그 아이의 싸구려 플라스틱 머리띠 같은 무지개가 희미하게 걸렸다 *올해 처음 보는 무지개다,* 입가에 묻은 오물을 닦아 내며 내가 중얼거리자 올해 처음 보는 무지개다, 웅덩이 위로 뾰족하게 떠다니던 꿈이 한 번도 듣지 못했지만 그 아이의 것임이 분명한 목소리로 중얼거렸다

소녀, 소녀를 만나다

내가 여섯 살, 아니 일곱 살 때였나? 제길, 아무렴 어때. 아무튼 엄마는 낮잠을 자고 있었고 나는 엄마 옆에서 소꿉장난을 하고 있었어. 문득 심심해, 라고 혼잣말을 했고 순간, 손안에 쥔 비스킷처럼 금방이라도 바스러질 듯한 목소리가 내 뒤통수에 힘없이 기댔어. 뒤를 돌아보니 녀석이, 다름 아닌 그 녀석이 나를 향해 어설프게 미소 짓고 있더라. 엄마가 누구랑 이야기하고 있니? 묻기에 나는 신이 나서 소리쳤어. 엄마, 새로 사귄 친구야. 인사해. 그날 이후, 가족 모두가 녀석을 두려워했고 녀석의 이름이 몰리나란 건 어렵지 않게 알 수 있었어. 내가 몰리나에 대해 이야기를 꺼낼 때마다 그들은 나를 두들겨 패거나 온몸에 소금을 뿌려 대곤 했거든. 몰리나는 미안하다며 제 몸에 툭하면 상처를 냈지만 그때마다 몰리나의 상처에 공들여 후시딘을 발라 주었지. 몰리나의 까만 머리칼은 햇살이 누구에게나 공평하게 뿌려지는 날조차도 습하고 축축했는데 혀끝으로 뿌리부터 핥으면 순도 100퍼센트 카카오 초콜릿 같은 맛이 났어. 그날도 나는 몰리나가 굶주리고 있다고, 저러다 죽어 버릴지도 모른다고 가족들에게 매달렸지. 내 말이 끝나자 기다렸다는 듯이 가족 중 한 사람이 내 왼쪽 귀를 온 체중을 실어 후려갈기더라. 그러자 거위 깃털이 가득 든 쿠션처럼 언제나 조용하기만 하던 몰리나가 부들부들 떨더니 사방으로, 정말 온 사방으로 터져버렸어. 자신들 앞에 수북하게 쌓인 몰리나에 깜짝 놀란 가족들은 게거품을 물며 사지를 비틀어 대고 그런 가족들을 바라보며 나는 도무지 웃음을 멈출 수가 없어 호흡 곤란이 올 지경이었는데…… 레나, 이 나쁜 계집애야. 벌써 잠든 거야? 너의 숨소리가 공중에서 흩날리는 거위 깃털만큼도 들리지 않아.

두둥실 떠올라 나풀거리던

지나가던 아이가 놓친 풍선이 공중으로 떠오르고 나는 어렵지 않게 너를 떠올려 네 그림자와 내 그림자는 어째서 완벽하게 포개지지 않는 걸까? 여분의 그림자를 뭉텅뭉텅 뜯어 지나가는 고양이들에게 남김없이 던져 줄 수 있다면 하며 귓가에 가만가만 속삭이던, 단발머리가 잘 어울렸던 너를 말이야

땡볕에 녹아내리는 아이스크림처럼 흔적도 없이 사라질 것만 같았던 너를, 서로의 몸을 밧줄로 감은 채 어둠 속으로 스며든 소녀들을 알고 있어 소녀들이 스며든 어둠을 손가락으로 찍어 먹어 봤는데 아주 달콤하더라고 혼잣말을 지껄이더니 텅 빈 눈으로 나를 쳐다보던, 바로 너를 말이야

나는 언제나 너의 말을 듣는 둥 마는 둥, 그저 고개를 끄덕이기만 했지 행여 네가 이곳에서 달아날까 봐 네 손목이나 꽉 움켜쥘 뿐이었어 하지만 내가 흘러가는 구름에 잠깐 한눈을 판 사이, 너는 빗물에 젖은 나비 같은 가위로 목을 잘랐고 깔끔하게 잘린 네 머리는 머리칼을 나풀거리며 저 멀리 사라져 버렸지

다시는 잡을 수 없는 풍선을 그리워하는 아이를 뒤로한 채 풍선은 한 점 빛으로 멀어져만 가고, 나는 아이와 함께 발을 동동 굴러 흙먼지를 겨울 담요처럼 뒤집어쓴 채 자꾸만 발을 굴러 발바닥에서 흐른 검은 피가 너의 나풀거리던 머리칼처럼 뒤엉킬 때까지

소녀, 소녀를 만나다

오늘 내 생일 아닌데. 꼭 생일일 때만 선물을 주니? 선물은 그냥 주고 싶을 때 주어야 의미가 있는 거야. 율리아의 말에 레나는 흐드러진 분홍처럼 미소 지었다. 선물 꾸러미를 풀자 노을빛이 복잡하게 부딪치는 소리와 함께 무엇이라도 날카롭게 잘라 버릴 수 있는 길로틴이 튀어나왔다. 이번에 새로 부임한 담임선생님이 내 길로틴을 보란 듯이 집어삼키더니 반 친구들에게 '레나는 몹쓸 아이입니다'라고 소리쳤어. 그러고는 1교시에서 5교시가 끝날 때까지 복도에 세워 두었어. 한 달 전, 레나는 말하는 내내 눈물만 쏟아 냈다. 레나가 쏟아 낸 눈물로 검은 머리칼을 새빨갛게 염색한 율리아는 교무실로 험악하게 걸어갔지만 엉덩이에 보라색과 노란색이 마블링된 도마뱀 하나를 달고 나왔을 뿐이었다. 도마뱀은 한 달이 지난 지금까지도 율리아의 엉덩이를 갉아먹고 있었다. 대신, 조건이 하나 있어. 내가 준 선물로 네 손목을 자르고, 발목을 자르고, 배를 자르기 전에 반드시 나를 찾아와야 해. 그러지 않으면 당장 압수해 버릴 거야. 율리아는 풀 죽은 레나의 이마에 쪽, 소리가 눈부시게 날 정도로 입을 맞추었다. 네가 너를 더 깔끔하게 자를 수 있도록 함께 길로틴의 끄트머리를 움켜쥐고 싶어서 그래. 단지 그것뿐이야. 레나가 또 다시 분홍처럼 미소 짓고는 길로틴을 예쁘장한 목 한가운데에 박아 넣었다. 응, 반드시 너를 찾아갈게. 레나의 목소리가 유통기한은 지났지만 여전히 달콤한 복숭아 통조림처럼 쏟아졌고 율리아는 눈썹을 나른하게 늘어뜨렸다.

점심시간

휘날리는 스커트를 붙잡아 팽팽하게 펼치고 우리는 창문 너머 구름을 뜯어 먹었지 나는 구름을 씹는 동시에 책한 귀퉁이에서 흐르는 잉크를 허겁지겁 들이켰고 너는 마이 블러디 발렌타인을 펴 바른 구름을 얇게 베어 먹었지

내 입술은 검게 물들어 도무지 예쁘지가 않은데 음악으로 번들거리는 네 입술은 어쩜 이렇게 몽환적일까 내 입술과 네 입술을 당장 바꾸고 싶어 그럴 수 있을까?

너는 얌전하게 펼친 교복 스커트에 떨어진 구름 부스러기를 꼼꼼하게 뭉개더니 나는 마멀레이드처럼 향기롭게 씹히는 음표가 될 거야, 라고 속삭일 따름이었지

고개 숙인 선인장이 얕게 기침하던, 군데군데 뜯어 먹힌 하늘이 어정쩡하게 미소 짓던 그날은 너무 맑아서 미래 같은 건 필요 없다고 생각했어

우리는 헬로 키티 주머니에 든 방부제 알갱이를 하나하나 꺼내 책상 위로 굴렸지 알갱이들은 포르말린 병에 담긴 아크릴 명찰처럼 예쁘게 반짝였지만 결국 바닥으로 떨

어져 산산이 부서지고 말었어

  배 속에 가득 찬 구름이 심하게 요동쳤고 우리는 동시에
헛구역질을 했지 미래 따위 구석으로 내팽개치고, 너와 나
는 오래오래 헛구역질을 했지 종소리가 우릴 향해 재빠르
고 침착하게 다가오는 줄도 모르고

●그날은 너무 맑아서 미래 같은 건 필요 없다고 생각했어: Cocco, 「Rain-
ing」 중에서.

너는 나와 어울리지 않아

이 세계가 끝장나기 전까지는 결코 끝나지 않을 것만 같은 자습 시간, 하늘 위 달콤하게 떠다니는 열일곱을 떼어내어 우물거렸다. "정확히 19분 36초 동안만 내 배를 문질러 주지 않을래?" 갑자기 네가 내 손을 함부로 잡아 아랫배에 가져다 대었고 나 역시 미친년, 이라고 함부로 지껄였다. 뜻 모를 영어 가사만 중얼거리며 도수 높은 안경을 추어올리는, 기름 낀 머리를 풀어헤치고 다니는 너 따위는 언제나 단정하게 빗어 넘긴 머리와 양쪽 시력 2.0을 자랑하는 나와는 어울리지 않으니까! 하지만 너는 내 희고 예쁜 손으로 네 우둘투둘한 아랫배를 문질러 댔고 "지금부터가 진짜야. 진짜를 듣지 않으면 안 돼." 가래 낀 목소리로 노랗게 부르짖었다. 너의 눈동자가 CD 플레이어에서 재생되는 CD처럼 무지갯빛을 뿜어내며 돌기 시작했고, 그리고 말해, 그녀를 영원히 사랑할 거라고가 온몸 가득 찐득찐득하게 쏟아져 내렸다. 입안까지 들어찬 찐득찐득함은 나의 새콤달콤한 열일곱을 시장 바닥 한구석에 버려진 썩은 고등어 대가리마냥 취급했고 이 미친년이, 이 미친년이! 지껄이며 너의 뒤통수를 갈겼지만 이미 LP판보다도 커다래진 눈동자는 도무지 멈출 생각을 하지 않는다. 너의 눈동자를 종료할 수 있는 버튼은 도대체 어디에 달려 있는 거지? 단정하게 빗어 넘긴 머리칼을 잔뜩 흐트러뜨린 채 주위를 두리번거리지만 교실에는 너와 나, 오직 두 사람만이 이 세계가 끝장나기 전까지는 결코 끝나지 않을 자습 시간에 동여 매여 있을 뿐이다. 시간은 이제 겨우 3분 29초 46이 지났을 뿐이고, 마냥 상큼하고 발랄할 줄 알았던 하늘에는 이제 개기름 잔뜩 낀 머리카락이 일억 이천 개의 별처럼 박혀 있다.

●그리고 말해, 그녀를 영원히 사랑할 거라고: Sonic Youth, 「Diamond Sea」 중에서.

입안 가득 돌멩이가

    곰팡이 낀 하늘이 파드득, 하는 소리를 내며 부서졌다. 부서진 하늘이 미처 말릴 새도 없이 입안으로 쏟아졌다. 가방 안에 들어 있는 빨간약을 바르려는데 점막 곳곳으로 네가, 다름 아닌 네가 염증처럼 번져 가고 있었다. 정말 너니? 혀끝으로 입안을 쓸어내리자 절로 비명이 터졌다. 일부러 짧게 자른 머리, 나비 모양 스티커를 잔뜩 붙인 엠피쓰리를 소중하게 쥐고 있던 통통한 손까지. 맙소사, 틀림없는 너다! 나는 재빨리 의자에 걸터앉았다. 담임선생님이 자리를 비운 탓에 교실은 아수라장이었다. 나는 어째서 내가 이 교실에 있는 건지 알 수 없었지만 어쨌든 만족스러웠다. 양철북을 두들기는 소년처럼 내내 그 자리에서 비명을 지를 수 있었기 때문이다. 내 비명에 아이들이 하나 둘, 크리스털 잔처럼 깨지기 시작했다. 깨진 아이들의 잔해로 가득 찬 교실을 춤추듯 돌아다니며 자꾸만 번져 가는 너를 자꾸만 건드렸다. 있지, 너의 소중한 엠피쓰리에 붙어 있는 게 내가 아닌 나비 따위라서 무지무지 화가 났어. 어째서 너는, 나를 너에게 붙일 수 있는 기회를 영영 주지 않은 거니? 이런 내가 죽었으면 좋겠어? 라는 내 물음에 어째서 망설임 없이 응! 이라고 대답한 거니? 나는 지금도 응! 이라는 감탄사를 들을 때마다 온몸이 차가워

질 정도로 짜증이 나. 응! 만큼 완벽하게 둥글고 소스라치게 아픈 거절이 이 세상 또 어디에 있을까? 그 순간 정수리로 끔찍한 천둥 번개가 내리쳤고 교실 문이 왈칵 열렸다. "이봐요, 괜찮아요?" 나에게 쏜살같이 다가온 한 사내가, 남자 친구와 아버지의 얼굴을 동시에 가졌지만 두 사람 모두는 아닌 사내가 내 뺨을 억센 손길로 때리기 시작했다. 사내가 나를 때리고 또 때려도, 퉁퉁 부은 나를 교실 밖으로 끌어내기 위해 안간힘을 써도 나는 너를 건드리는 짓을 결코 멈추지 않았다. 너는 그런 나에게 조약돌보다도 매끈매끈한 응! 을 던지느라 여전히 분주했다.

고소하고 아늑한

널 많이 사랑하지만 한숨 자고 싶을 뿐이야.

그렇게 말하고 너는 나를 등진 채 눕는다. 나는 고요히 들썩이는 너를 바라본다. 손바닥으로 쓸어내리면 한 무더기의 슬픔이 묽게 묻어나곤 하던 뼈와 뼈, 그 창백하고 강파른 사이.

너의 낮잠에서는 너무 오랫동안 입은 탓에 이곳저곳에 보풀이 일어난 스웨터의 냄새가 난다. 나는 그 냄새에 불만스럽게 코를 묻는다. 머리맡에는 일곱 가지 색 매니큐어들이 주르륵 놓여 있다.

있지, 너에게 밥을 아주 많이 먹이고 싶어, 너의 귓가에 속삭인다. 둥실둥실 부풀어 오른 배에 색색의 기쁨을 예쁘게 수놓아 줄게, 이번에는 좀 더 크게 속삭인다.

물론 조금 아플거야. 하지만 *괜찮아, 괜찮아, 정말 괜찮아.*

너의 낮잠에 정성껏 매니큐어를 펴 바른다. 빨주노초파

남보가 한데 뒤섞인 낮잠에서는 더 이상 보풀이 일어난 스웨터의 냄새가 나지 않고 나는 만족한다.

마침내 고요히 들썩이기만 하던 네가 이쪽으로 돌아눕는다. 그러고는 말한다. **한숨 자고 싶을 뿐이고 사랑해. 이제 됐니?**

너의 목소리는 싸하고 매끄럽고, 방 안 가득 흘러넘친다. 나는 너의 목소리에 한가득 잠겨 금방이라도 익사할 것만 같은데. 차라리 이대로 너와 함께 죽어 버릴 수만 있다면 얼마나 행복할까! 가슴을 한껏 두근거리는데

두 손을 쫙 펴 본다. 삐뚤빼뚤, 참으로 솜씨 없이 바른 너의 죽음이, 잔뜩 웅크린 죽음만이 손톱에 알알이 고여 있다.

일주일 전 이사 온 프레디 크루거 씨가 건네준 팥
시루떡을 달게 베어 물자

세 명의 사내아이들은 내가 잘 아는 동시에 전혀 모르는
녀석들이었다. 청동빛 작은 종이 달린 현관문은 나를 숨겨
주기에는 지나치게 섬세했고, 4주에 한 번씩 약을 조제해
주는 상담 선생님은 "문제가 심각하군요. 그동안 무슨 일
이 있었는지 이야기나 해 보세요." 끄트머리에 환자들의
머리칼이 주렁주렁 달린 만년필로 두피를 긁적일 뿐이었
다. 사내아이들은 선생님의 어깨에 떨어진 비듬을 하나둘
모아 한껏 들이마셨고 턱 주변에 여드름이 돋아난 녀석이
별안간 고함을 질러 댔다. "저 계집애는 무조건 내 거야!"
그러자 나머지 두 녀석도 "너 따위 여드름쟁이에게 질 수
없어!" 하며 나를 양쪽에서 잡아당기기 시작했다. 아파,
찢어지게 아파, 라고 생각하자마자 나는 두 갈래로 쩍, 소
리를 내며 찢어졌다. 찢어진 몸을 숨기기 위해 바닥을 굴
러다니는 비닐봉지에 허겁지겁 발바닥을 구겨 넣었지만
터질 듯한 내 엉덩이를 잘도 알아챈 태풍이 우르르 쾅쾅
군침을 흘려 대기 시작했다. 삽시간에 침 범벅이 된 집은
물먹은 솜처럼 뭉게뭉게 자라나더니 누구나 입학할 수 있
지만 누구나 퇴학시킬 수 있는 학교가 되었다. 오늘 처음
만난 담임선생님은 나에게 펄펄 끓는 물을 쏟아붓더니 나
를 창밖으로 던지고는 즐겁게 미소 지었다. "너는 가슴이

참 빈약하구나. 가슴 대신 잘 익은 사과나 끈적끈적한 즙이 많은 복숭아가 달렸더라면 이 학교에 영원히 다닐 수 있었을 텐데 말이다." 온몸이 모락모락 달아오른 내가 잔디도 깔려 있지 않은 운동장을 나뒹굴었지만 희고 반듯한 가르마를 가진 소녀들은 피구를 하는 데 필요한 공을 찾기에만 혈안이 되어 있었다. "얘들아. 여기 딱 알맞은 정도로 물컹하게 삶아진 것이 있어. 이것을 서로에게 맞추자. 그럼 아무도 다치지 않을 거야!" 귓전에서 아득하게 멀어지는 목소리는 말끔하게 청량했다. 작열하는 태양 아래 두 눈을 치켜뜬 내가 여기가 터지고 저기가 짓무르고 마침내 이곳에서 완전히 소멸해 버리는 것 따위 아무래도 상관없다는 투의 청량함이었다.

차갑고 푸른

 "계절에게도 피부가 있다는 걸 알아? 마치 인간의 것과 같은." 무자비한 여름이 너와 나의 입을 열어젖히고는 그 안으로 불쑥 팔뚝을 들이밀었고 너는 조심스럽게 말했다. 여름의 피부는 마카롱의 부스러기처럼 달콤하게 반짝였고 가장 말랑해 보이는 부분에 혀끝을 가져다 댔지만 참을 수 없을 정도로 짠맛만 느껴질 뿐이었다. "지금 당장 감정을 잡아 꺼내 소금으로 박박 문지르고 싶어." 네가 한 번 콜록거릴 때마다 붉은 근육 사이로 하얀 뼈가 드러난 감정들이 하루 열두 시간씩 게임을 하듯 공부해야 했던 너의 열일곱 같은, 너무 투명한 나머지 고요한 수면처럼 느껴지는 손목에 칼을 가져다 대면 과연 물이 쏟아질까, 피가 쏟아질까 고민하던 너의 스물일곱 같은 표정을 지으며 쏟아졌다. 너를 위해 질 좋은 소금을 준비해야 할지, 아니면 아파요, 너무나도 아파요 울부짖는 너의 감정들을 위해 여름의 피부를 몰래 벗겨 내야 할지 잠시 고민하는 동안 너는 모두의 기억에서 잊혀진 노래처럼 마디마디 노이즈가 낀 목소리로 말했다. "지금 당장 죽어 버렸으면 좋겠어. 죽어 버릴 수만 있다면 무슨 짓을 해도 좋은데." 돌연 입안에 들어찬 여름의 팔뚝이, 짠맛이 나다 못해 쓴맛이 도는 피부가 내 목구멍을 사정없이 옥죄었고 "미안해,

네게 아무런 도움이 되지 못해서." 오늘의 별자리보다 뻔하고 식상한 나의 사과는 3일 묵은 음식물 쓰레기 냄새를 시큰둥하게 풍길 뿐이다. 이미 너는 온데간데없이 사라져버렸고, 너의 감정들은 여전히 이곳에 남아 아파요, 너무나도 아파요, 소금에 박박 문질러진 것마냥 뼈아프게 울부짖는 사이, 지나치게 무더운 한여름 밤이 나를 녹아내릴 정도로 끌어안았다.

밑바닥 가득 가라앉은

　"알고 있니? 어제 우린 서로 낯선 사이였어. 하지만 너는 나를 신뢰해도 좋을 거야." 츠베타예바의 말에 파르녹이 고개를 갸웃거렸다. 츠베타예바의 입가로 시골집 흙 천장에 달린 알전구 같은 미소가 대롱거렸다. "신뢰, 신뢰." 파르녹이 모호하면서도 분명한 목소리로 중얼거렸다. "어제도, 오늘도 우린 서로 친숙한 사이였어. 그러니까 너는 나를 무조건 신뢰해도 좋을 거야." 츠베타예바가 파르녹을 바라보며 웃음을 터뜨렸다. 파르녹도 덩달아 웃음을 터뜨렸다.

　군데군데 멍든 사과 같은 두 소녀의 웃음소리가 별 하나 떠 있지 않은 밤하늘로 굴러다녔다. "혹시 펜 가지고 있어?" 츠베타예바의 질문에 파르녹은 가방을 뒤적였고 츠베타예바는 파르녹이 건네준 펜을 부드럽게 감쌌다. 이미 죽어 버린 지 오래인 감정들이 아무렇게나 뒹굴고 있는 파르녹의 아랫배를 더 부드럽게 감쌌다. "너를 사랑해." 축 늘어진 감정의 끄트머리에 츠베타예바는 자잘한 키스를 하나, 둘, 셋, 그려 나가기 시작했다. "너를 사랑해." 까맣고 매끄러운 키스가 죽어 버린 감정을 양분 삼아 하나, 둘, 셋, 이른 새벽처럼 피어났다.

파르녹이 츠베타예바의 얼굴과 자신의 팔목을 번갈아 쳐다보더니 말했다. "그런데 지금 몇 시지?" "그러게, 지금 몇 시일까." 츠베타예바가 무심코 대답하자 마냥 상냥하기만 하던 대기가 두 소녀의 목덜미를 무자비하게 움켜쥐었다. "집에 들어가고 싶지 않아." 파르녹이 속삭이듯 울먹였다. "그래, 그래." 츠베타예바도 속삭이듯 대답했다. "정말로 집에 들어가고 싶지 않은걸." 츠베타예바가 파르녹의 마른 어깨를 솜 인형의 뜯어진 옆구리처럼 어루만졌지만 파르녹의 떨림은 좀처럼 멈추지 않았다. 밑바닥 가득 설탕 알갱이가 가라앉은 커피 같은 밤이 두 소녀의 정수리로 주르륵 흘러내릴 뿐이었다.

●알고 있니? 어제 우린 서로 낯선 사이였어. 하지만 너는 나를 신뢰해도 좋을 거야: 이반 클리마, 「링굴라」 중에서.

열아홉

　나는 내 열아홉을 지나가던 똥개한테 던져 줬는데 왜냐
하면 그 똥개의 아래턱이 아주 잘 발달돼 있었기 때문이야
똥개는 열아홉의 몸통을 앞발로 누르고 잘근잘근 씹기 시
작했는데 어찌나 맛있게 씹어 먹던지 보는 내가 감탄스러
울 지경이었어 그렇게, 나는 내 열아홉이 최선을 다해 먹
히는 모습을 얼음이 녹아 밍밍해진 레몬에이드처럼 바라
보았지 마침내 열아홉을 다 씹어 먹은 똥개가 고개를 치
켜들었고 그러자 똥개의 송곳니에 위태롭게 매달려 있던
열아홉이 울음을 터뜨리기 시작했어 열아홉의 울음이 고
막을 터뜨리기 전에 얼른 귀를 막았지만 손가락 사이로 뱀
처럼 파고드는 끔찍함까지 막을 순 없더군 열 손가락을 두
번 펴면 스물, 거기서 잘려 나간 한 손가락의 울음처럼, 남
은 열아홉 손가락의 형상으로 흘러내리는 눈물처럼 끔찍
한 울음! 어느 노래 속의 열아홉처럼 리멤버 미! 라고 외
칠 용기가 없어 울부짖던 열아홉, 녹진녹진할 뿐인 일상을
기를 쓰고 토해 냈던 열아홉, 나날이 말라 가는 거울 속 나
를 쨍그랑, 하며 깨트릴 용기조차 없던 얼뜨기 열아홉……
아래턱이 아주 잘 발달된 똥개는 위장 또한 아주 잘 발달
되어 있을 줄 알았는데, 그래서 순식간에 소화된 열아홉을
탄산수처럼 시원스레 꾸어 댈 줄 알았는데 열아홉이 터뜨

리는 끔찍한 울음은 옥타브가 점점 높아질 뿐이고 빌어먹
을 똥개는 여전히 사랑니를 반짝이며 끈끈한 침이나 흘려
댈 뿐이고 지금 기록한 이 모든 것은 꼬리를 감고 빙빙 돌
며 낑낑대는 똥개의 눈초리처럼 흩어지고

●어느 노래 속의 열아홉처럼 리멤버 미!: Placebo, 「Spaecial needs」 중
에서.

과민성대장증후군을 앓던 요안나가 화장실 타일 바닥에 휘갈긴 메모

잔뜩 부풀어 오른 점막에 오늘도 어김없이 연고를 발라 주더니 "한 달째 바닐라 맛이 나는 마카롱을 먹었으니 네 배설물에서도 곧 바닐라 향기가 진동할 거야." 하며 당신은 흡족해했어요. "네 몸에서 나오는 건 뭐든 달콤해야 해, 그래야 모두가 빠짐없이 너를 좋아할 거란다 예쁜 아가." 당신은 두 달 전에 서른한 번째 생일을 맞이한 날 여전히 예쁜 아가라고 부르죠.

정확히 한 달 전부터 나는, 어째서 모두가 나를 좋아해야 하는 걸까? 라는 생각으로 수도 없이 물음표를 그려 대었습니다. 그러자 오동통하고 육즙 가득한 의심이 내 앞에 짠, 나타나더니 어서 나를 먹어, 나를 먹으라니까? 즐겁게 소곤대더군요. 삼십일 년 인생을 살면서 처음 있는 일이었죠! 당신 몰래 혀끝으로 살짝 맛본 의심은 쓰고 짜고 텁텁하고…… 이토록 복잡한 맛이 썩 마음에 들어 나는 의심을 반으로 갈라 흐리멍덩하기 짝이 없는 내장까지 모조리 핥아 먹었습니다!

얼마 안 있어 당신은 내 배설물이 풍기는 의심의 냄새를 기가 막히게 알아차렸고, "의심이 깃든 항문에는 사랑스러운 냄새가 쏟아질 수 없는 법이지." 내 항문 구석구석을 매실청에 절인 가시나무로 정성스럽게도 문질렀습니다. 이따금 떨어지는 살점을 경멸 어린 눈초리로 쳐다보며, 당신은 "당분간 세 끼니는 모두 마카롱이야."라고 엄숙하게 말했지요.

굳게 잠긴 화장실 문을 멍하니 바라보다 문득 나는 깨닫습니다. 그런데 말이죠, 애당초 나에게 항문이 있었던가요?

까미유 씨에게 꼭 맞는 코트는 어디에 있나

 추위에 떨던 까미유 씨는 자신을 언제나 밥통이라고 부르던 늙은 선생에게 회초리를 맞고는 팬티를 오줌으로 적셔 버리고 만 소녀의 눈물 맺힌 속눈썹을 주워 귓밥이라곤 없는 귓속에 조심스레 넣었지만 추위를 없애기에는 역부족이었다. 두 마리의 검고 윤기 나는 까마귀가 그런 까미유 씨의 머리 위에서 커다란 원을 그려 대고 있었다. 까미유 씨는 떠돌이 개의 엉킨 털을 골라 주며 귄터 그라스의 양철북을 읽던 중 지나가던 알코올 중독자 청년에게 목이 졸려 그 자리에서 졸도해 버리고 만 여고생의 검고 탐스러운 멍을 주워 코털이라고는 없는 콧구멍 속에 넣었다. 그럼에도 불구하고 사라지지 않는 추위에 까미유 씨는 "내 연이 이 중에서 제일 잘 난다!"라고 감탄하자마자 "계집애가 연날리기라니, 웃기지도 않는다!"라며 가운뎃손가락을 치켜든 사내 녀석의 말을 듣고는 얼른 연줄을 끊어 버리고 만 꼬마의 찢어진 원피스 자락을 주워 때라고는 조금도 끼어 있지 않은 매끈한 배꼽 속에 차곡차곡 넣었다. 그럼에도 불구하고 추위는 여전히 까미유 씨를 사로잡았다. 마지막으로 까미유 씨는 모두가 폭소하며 자신의 바지를 홀러덩 벗겼지만 그게 무얼 뜻하는지 몰라 고개를 갸웃거리기만 하던 소년의, 귀퉁이가 살짝 접힌 미소를 주워 고드름이 맺힌 얼굴에 살며시 덧입혔다. 그럼에도 불구하고 까미유 씨는 한층 더 소스라치는 추위를 느껴야만 했다. 얇고 투명한 피부 아래 한껏 웅크리고 있던 까미유 씨의 영혼마저 이를 부딪치며 딱딱거리는 소리를 냈다. 추워, 너무나도 추워서 견딜 수가 없구나. 까미유 씨가 흘린 가느다랗고 싯누런 슬픔이 까미유 씨의 드러난 발가락을 꽁꽁 얼려 버렸고 이때구나, 싶어 쏜살같이 날아온 두 마리의 까마귀가 까미유 씨의 발가락을 쪼아 먹기 시작했다. 추워, 너무나도 추워서 이 자리에서 콱 죽고만 싶구나! 까미유 씨의 발가락을 모두 쪼아 먹은 까마귀들은 이제 까미유 씨의 잔뜩 쉬어 버린 영혼을 노리며 까르륵까르륵 통곡하고 있었다.

마터스

　루시, 네게 줄 초콜릿을 손에 쥐고 가슴을 두근거린 게 15년 전의 일이었을까, 아니면 어제의 일이었을까? 온종일 사내 녀석들에게 두들겨 맞아 피범벅이 된 네 몸을 씻기고 엉엉 우는 너를 내 품속에 넣고 다독였던 것은 불과 몇 시간 전에 벌어졌던 일이었을까? 루시, 그 무엇도 뚜렷하지 않아, 루시. 나는 움푹하게 팬 시간 속에서 밀가루 반죽처럼 사정없이 짓이겨지고 있어. 내 다리에 친친 감긴 사슬이 보이니? 네가 그곳에서 긴 머릴 휘날리며 부드러운 밀크 초콜릿을 입에 넣는 순간에도 이 사슬은 절망적으로 길어져만 가고 있어. 제발 루시, 그렇게 공허한 얼굴로 나를 쳐다보지 마. 어째서 너는 내 손을 잡아 주지 않는 거지? 너는 공기처럼 가볍고 투명하지만 나는 아직 무겁고 달린 것이 많기 때문일까? 하지만 곧, 나도 너처럼 가벼워질 거야. 기다려 루시. 그 자리에서.

　선생님. 당신은 나를 뒤덮고 있는 이 무겁고 성가신 피부를 벗겨 줄 수 있겠지요? 한 점도 남김없이 모조리 말이에요. 루시, 사랑하는 나의 루시가 바로 저기에서 나를 기다리고 있단 말이에요, 그러니 선생님, 어서요! 이러다 나의 루시가 영영 달아나 버리면 어떡해요?

제2부

터키쉬 딜라이트

손가락을 전지가위로 잘라 낸다
잘게 빻은 유리 조각을 잘린 손가락들에 듬뿍 펴 바른다

반짝반짝 수도 없이 달콤해진 손가락들
당신이 원한다면 가지에 핀 벚꽃의 수만큼
만들어 줄 수 있다

이토록 만화방창한 오늘

그렇게 나무는 불타고 그렇게 시작된다
당신의 길고도 아름다운 이야기는

다른 사람을 위한 계절

네가 나에게 성의 없이 던져 준 계절은 네 어깨처럼 구부러져 있었다 구부러진 계절에는 색색의 네가 걸려 있었고 나는 색색의 너를 그날의 기분에 따라 정성껏 걸쳤다

한 달에 한 번씩 현기증을 쏟아 낼 때는 습기로 눅눅해진 너를 햇빛에 말릴 수 없었다 그럴 때마다 몸통을 잃어버린 도마뱀 꼬리를 마르고 닳도록 입에 물었다

나는 너만의 완두콩 공주니까 언제나 멍청하고 푸르뎅뎅하니까

이따금 구부러진 계절을 목에 걸고 힘껏 조이곤 했다 금방이라도 숨이 멎을 것 같은 순간조차 나는 계절에 달린 네가 구겨지지 않도록 조심했다

하지만 너는 내 목덜미에 남은 상흔 위로 까맣게 타 버린 웃음을 떨어낼 뿐이었다 때때로 얼음 조각이 녹은 컵에 나를 넣고 흔들며 재미있어 하기도 했다

언제나 나는 나, 일 뿐이고 너는 제기랄, 이제는 다른

사람을 위한 계절을 고르느라 징그러울 정도로 분주하다 그런 너를 차마 죽일 수 없어 행복한 나는 여전히 멍청하고 푸르뎅뎅한 걸까?

　이토록 둥근 껍질 속에 처박힌 나를 있는 힘껏 튕겨 내고 싶다

●나는 너만의 완두콩 공주니까 언제나 멍청하고 푸르뎅뎅하니까: 잉에보르크 바흐만의 소설 「말리나」에 나오는 구절을 변용.

세계의 끝, 여자 친구라고?

"이봐 *나*, 라는 건 말이지, 나를 제외한 모든 사람들이 나라고 여기는 지점이 모여 쌓인 흙더미에 불과한 거야. 알아듣겠어?" 밥은 철학자처럼 말하는 자신에게 매우 흡족해하며 담배를 입에 물었다. 빠릿따는 담배 연기를 바퀴벌레의 떨어진 한쪽 다리보다도 싫어했지만 아무 말도 하지 않았다. "여태껏 만난 사람 중에 World's and girl-friend를 안다고 말한 사람은 당신이 처음이야. 우린 정말이지 보통 인연이 아니군." 오줌 맛이 나는 맥주 한 모금을 마시자마자 빠릿따의 길고 긴 스커트를 허겁지겁 말아 올리며 밥은 뿌듯하게 웃었다. 이따위 말도 안 되는 우연에 인연이라는 희고 연약한 단어를 가져다 대지 마, 빠릿따는 그렇게 말하고 싶었지만 실험 용액 속에서 용해되는 요오드 같은 표정만 지을 수 있을 뿐이었다. "이봐, 그러니까 우리는 다른 사람들이 생각해 낸 관념으로 이루어진 어떤 실체 그 비슷한 것에 불과한 거야. 알아듣겠어?" 담배 연기가 깊숙하게 스며든 밥의 뇌는 상하기 직전 막 가스레인지에 올린 꽁치김치찌개의 냄새를 사방으로 풍겨 댄다. 태어날 때부터 젖꼭지에 달려 있었던, 그러나 도통 쓸 일이라곤 없었던 휴대용 미니 실톱으로 저 녀석의 머리를 갈라 그 안의 뇌를 모조리 긁어낸 뒤 양푼에 넣고

쓱쓱 비벼 먹으면 정말정말정말 맛있을 텐데, 생각하자마자 3년 동안 의사가 멋대로 처방한 식욕억제제를 복용한 덕분에 밑바닥까지 말라 버렸던 빠릿따의 식욕이 열심히 축축해져 간다. 식욕이 부드럽고 축축해진 덕분에 더 이상 부드러울 필요가 없어진 표정은 자연스레 딱딱해지고 "이봐, 내 말 듣고 있어?" 이제는 쉬어 빠진 두부 같은 목소리로 말하는, 그 사실에 마냥 흡족해하는 밥의 머리를 실톱이 얼마나 깊게 파고 들어갈 수 있는지를 가늠하며 빠릿따는 자신의 가슴을 갓 태어난 아기의 피부처럼 더듬어 본다. 단 한 번도 크기와 모양에 만족해 본 적 없는, 절대로 만족해서는 안 된다고 세련되고 우아하게 다짐받곤 했던 그 장소를.

금빛으로 네모반듯한

    몇 시간 전에 나눈 섹스를 버터 비슷한 모양으로 잘라 낸 호마가 커피 한 잔 끓여 줘, 비이를 내려다본다. 비이는 중년의 포주 앞에서 천천히 옷을 벗은 뒤 금빛 거웃을 수줍게 가리는 소녀가 등장하는 영화를 강박적으로 감상하느라 호마의 말을 듣지 못했고 호마는 여느 때처럼 투덜거린다. 포주는 소녀의 벗은 몸을 끌과 정을 대기 전의 대리석을 응시하는 조각가처럼 바라보더니 "엉덩이가 아주 예쁘네, 가슴도 예쁘고."라고 무미건조하게 말하고 비이는 노트북의 음량을 한계까지 키운다. "우리의 섹스는 장마철의 옷장처럼 습하고 상한 계란처럼 언제나 기분이 나빠. 이게 모두 너 때문이야!" 목이 쉬어라 소리 지른 호마가 비이의 이마를 마구 눌러 대지만 누르면 누를수록 뜨겁게 달궈지는 커피포트와는 달리 비이는 한없이 미지근해질 뿐이다. 호마의 콧등이 꿈틀거린다. 식탁 위에 방치된 두 사람의 섹스가 로드킬 당하고 도로 위에서 썩어 가는 동물의 냄새를 풍겼지만 비이는 점점 길어져 바닥까지 닿게 된 소녀의 금빛 거웃에서 도무지 눈을 뗄 수 없고, 이제 거웃은 한 마리의 자유로운 연체동물이다. 포주를 옴짝달싹 못 하게 휘감은 거웃이 포주의 온몸을 갈기갈기 찢어발겨 버린다. 바닥에 흑설탕 알갱이처럼 흩어진 살점들

중 가장 예쁜 모양인 혓바닥을 홍차 잔에 넣고 뜨거운 물을 부은 거웃이 "너도 한 모금 마셔 볼래?" 비이에게 상냥하게 권한다. 새빨갛고 달콤한 살점과 살점이 담긴 아름다운 잔을 막 입술에 대려는데

몇 시간 전에 나눈 섹스를 쓰레기통에 버린 호마가 하얗게 얼룩진 미소로 비이의 손목을 결박하고는 "어차피 섹스는 낮에만 하는 거잖아, 그렇지?" 무미건조한 목소리로 속삭인다.

●포주와 소녀: 영화 「라 폴로니드─관용의 집」의 등장인물.

여름, 날카롭게 무르익은

별안간 수직으로 추락한 햇살이 매미의 울음소리를 산산조각 내 버린다 날카롭게 조각 난 울음은 교통사고 현장을 불행하게 뒹구는 유리 조각처럼 도메크의 머리칼에 알알이 맺힌다 도메크가 눈을 깜빡일 때마다 마그다는 마른침을 삼킨다

도메크는 마그다가 건네준 고백을 진주가 박힌 슬라임처럼 한참을 재미있게 주물거리더니 다시, 마그다에게 건네준다 마그다는 처음의 형태를 잃어버린 채 울퉁불퉁 지저분해진 고백을 멍청한 표정으로 바라본다

둥글고 과즙 많은 여름이 두 사람 사이에 놓여 있고 마그다는 목이 말라 참을 수가 없다 잘 익은 도메크의 얼굴을 한입 베어 물 수만 있다면, 손목을 타고 뚝뚝 떨어지는 도메크를 남김없이 핥을 수만 있다면! 마그다의 목울대가 요동치는 동시에 여름이 쩍 갈라진다

마그다가 도메크의 손을 움켜쥐고 도메크는 부드럽게 고개를 가로젓는다 그러자 도메크의 머리칼에 맺혀 있던 매미의 울음이 마그다의 손등에 알알이 박힌다 파랗게 질

린 손등에서 끈적끈적한 무심함이 흘러나온다 흐른 무심
함이 갈라진 여름 사이로 스며들고

　도메크는 갈변한 여름 한 조각을 집어 든다 "이거, 정말
맛있겠다." 그러고는 마그다를 향해 방긋 웃으며 아주 개
운하게, 한입 베어 문다

닳지 않는 사탕을 주세요

있지, 언니의 크고 둥근 머리는 씨 없는 수박처럼 달고 순한 걸 나는 언니의 머리가 죄 닳아서 얇고 흰 목덜미만 남을 때까지 쪽쪽 빨고 말 테야 그러니까 언니, 조금만 더 가까이 와 봐 언니를 좀 더 꼼꼼하게 핥고 싶어 언니의 머리에 내 전부를 와르르 깔깔 묻히고 싶단 말이야 오늘은 말이지, 언니의 예쁜 콧구멍에 내 말캉한 혀를 밀어 넣은 뒤 아주 격렬하게 쑤셔 볼까 해 벌써부터 흥분되지 않아? 나 이미 온몸이 흠뻑 젖어 버렸는걸 정말이지, 언니를 향한 나의 사랑은 노릇노릇 구워진 할루미 치즈 같아!

언니, 어째서 날 피하는 거야? 뭐라고? 이 이상 머리가 닳아 없어지면 곤란하다고? 언니만큼은, 정말 언니만큼은 그 새끼들과는 달리 날 위해 무한하게 열려 있는 결말인 줄 알았는데! 언니도 그 새끼들처럼 영영 닫혀 있는 결말이었을 줄이야! 항상 이런 식이지 언제나 이런 식이야! 그런데 언니, 내가 정말 이해가 안 돼서 묻는 건데 고작 머리 하나 없어지는 게 그렇게나 큰일이야? 아니지, 말은 똑바로 해야겠다 언니의·머리가 없어지기는 왜 없어져? 내 혀끝에, 수많은 돌기들에 하나하나 꼼꼼하게 새겨지는 거라구!

언니, 듣고는 있니? 이 개만도 못한 인간아 이럴 거면 처음부터 나에게 다가오지 말았어야지 내가 구석에 처박혀 엉엉 울고 있을 때 왜 나를 향해 웃어 주었어? 어째서 네 대가리를 상냥하게 들이밀었어? 됐다 됐어, 고래고래 소리를 질렀더니 미칠 듯이 배가 고프다 닭갈비나 먹으러 가야겠어…… 아이고 순진한 언니 같으니, 안심하며 한숨 내쉬는 저 꼬락서니 좀 봐라! 여기서 끝날 줄 알았니? 나 말이야, 닭갈비로 잔뜩 부른 배를 뾰족한 바늘로 푹, 찔러 버릴 거야 모두가 보는 앞에서 흰긴수염고래의 부패한 시체처럼 펑, 터져 버릴 거라구! 사방으로 끈질긴 냄새를 풍기며 나는 기어코 언니를 가리킬 테야 저 사람이 나를 죽인 범인이라고 울부짖으며 아주 즐겁게 죽어 갈 테야

그러니까 언니, 살고 싶으면 언니의 머리를 나에게 당장 내줘, 전부 내줘, 언니를 향한 나의 사랑이 사방으로 바삭바삭 부서지게 해 줘

라 비 앙 로즈

부글부글 끓는 냄비에서 손끝에 박힌 가시 같은 냄새가 피어오르지만 그녀는 가스레인지의 불을 익숙하게 조절한다. 냄비 속에 든 송아지 고기는 남편이 좋아하는 음식이다.

지난주 찾아온 어머니는 부드러운 먼지가 한 집안의 역사처럼 쌓여 있는 오후를 그녀의 목에 걸어 주고는 행복하게 말했다. "가정이란 갇혀 있다고 생각하면 열악한 감옥이 되고, 나가고 싶지 않다고 생각하면 근사한 성이 된단다."

그녀는 뜬금없이 감자를 깎기 시작한다. 두 시간 전, 그녀는 오랜만에 카페에 들러 커피를 마셨지만 마시는 족족 뱉어야만 했다. 그런 그녀를, 정확히는 그녀의 배를 이상야릇하게 쳐다보던 아르바이트생을 뒤로한 채 그녀는 재빠르게 카페를 나왔다.

어느덧 바닥은 수북하게 쌓인 감자 껍질로 누렇다. 그녀는 한때 열심히 익혔던 외국어처럼 꼬불꼬불한 감자 껍질을 열 손가락에 하나하나 휘감고는 물끄러미 바라본다.

화농성 여드름처럼 익은 허기가 뱃가죽을 뚫고 나오기 일보 직전, 식탁 위를 뒹구는 감자 더미를 전부 삶아 먹어야겠어. 그녀는 입가에 고인 침을 누가 볼 새라 허겁지겁 닦아 낸다. 그러다 문득 소금이 전부 떨어졌다는 사실을 기억해 낸다.

　　한쪽만 굽이 닳은 은빛 구두에 발을 구겨 넣으며, 그녀는 마분지처럼 밋밋한 배를 쓰다듬어 본다. 갓 태어난, 깨끗하고 무해한 동물의 고기는 남편이 세상에서 가장 좋아하는 음식이다.

●가정이란 갇혀 있다고 생각하면 열악한 감옥이 되고, 나가고 싶지 않다고 생각하면 근사한 성이 된단다: 일본 애니메이션 「모노노케─달걀귀신 편」에 나오는 대사를 변주.

헤어짐의 예의

네 손목을 아무리 갈라 봤자 솜뭉치와 자투리 천, 그리고 구더기만 있을 뿐이야 그렇게 말하며 손목을 꿰매 주던 애인의 목소리만큼이나 창백한 내가 거울 속에서 미소 짓는다 거울을 창밖으로 던져 버린다 애인이 마련한 게 분명한 따뜻한 수프와 빵도 변기에 쏟아 버린다 부엌을 뒤지지만 열십자가 문신처럼 새겨진 손목을 가를 수 있는 칼은 어디에도 없다 창문은 테이프로 단단하게 고정되어 있고 닫힌 방문은 애인의 주먹처럼 굳건하다 곧 있으면 애인이 돌아올 텐데, 내 손목에 연고를 발라 주고 새로 산 메리제인 구두를 신기려 할 텐데 방 안을 뒹구는 오후 3시의 햇살을, 얼음처럼 빛나는 조각들을 서둘러 모은다 모은 조각을 가슴과 아랫도리에 사정없이 박아 넣는다 드디어, 쏟아지는 피가 방을 왈칵 적신다 이걸 봐, 붉고 물컹하게 쏟아지는 나를 보라고, 이제 더 이상 당신은 날 꿰매지 못할 거야 문이 열리는 소리가 들리고, 내가 애인을 향해 처음이자 마지막으로 웃어 보이는 순간, 눈을 뜬다 오후 4시의 햇살이 바닥으로 힘없이 추락하고 있다

하얗고 연약한

　내 감정은 양파로 이뤄진 것 같아, 라고 너는 말한다 까도, 까도 끝이 안 보여 그래서 무심코 눈물이 나 깨진 유리 조각과 사지가 뜯긴 봉제 인형이 따귀 맞고 붉어진 뺨처럼 너와 내 주위를 뒹군다 어째서 감정은 토해 낼 수 없는 걸까, 습관적으로 목구멍에 손가락을 집어넣는 너는 손끝만 대도 문드러지는 연두부처럼 위태롭다 어제는 내 자궁에 타다 만 담배꽁초를 던졌지만 아마 실수였을 거야 그렇고 말고, 너는 팽팽한 활시위처럼 입술을 당기고 너의 목에 새겨진 애인의 손자국은 무섭도록 검푸르다 언제라도 너를 데려갈 준비가 되어 있다는 듯, 검푸름은 깊고도 음험하게 웃는다 어느덧 알맞게 발효된 새벽이 네 눈을 부드럽게 적셔 주고 나는 너를 네모반듯하게 접는다 소용없는 짓이야! 몇 시간 전보다 훨씬 짙어진 검푸름이 나를 노려보지만 아랑곳하지 않는다 옷깃을 살짝 벌려 그 안에 너를 넣는다 조용히 흩어지는 너의 숨소리가 솜털을 간질이고 정수리 위로, 까면 깔수록 매운 감정이 별처럼 쏟아진다

애인에게 사지가 찢어발겨지기 직전의 루고시가 밀크 캔디를 한 움큼 삼킨 뒤 쓴 유서

절취선을 따라 정확하게 오릴 필요 없어요 당신은 삐뚤삐뚤한 윤곽을 오히려 사랑스럽다고 생각할 거예요 실수로 손목을 잘라도, 발목을 잘라도 좋아요 당신은 그런 날 보며 이 얼마나 개성적인 아름다움인가! 하며 짐짓 감탄할지도 모르지요 얇은 모가지를 구겨도 괜찮아요 당신은 우둘투둘한 부위를 손끝으로 쓸며 온몸을 떨게 될 거니까요 나에게 아무 이름이나 가져다 붙이도록 해요 당신은 메리 셜리와 에밀리 디킨슨을 뚝 분질러 만든 메리 디킨슨이란 이름을 나에게 붙이고 미간을 찌푸릴지도 모르지요 모가지를 찢어 버려도, 몸통마저 찢어 버려도 상관없어요 찢긴 모가지와 몸통에 뺨을 비비며 혼자만의 즐거운 시간을 가져도 전혀 상관없다구요 다만, 찢어진 나를 스카치테이프로 너덜너덜 이어 붙이는 짓거리 따위는 하지 마세요 구겨진 부분을 펴기 위해 다리미를 들이밀지도 말고요 특히 후회 섞인 동사를 질질 흘려 나를 젖게 하는 짓은 제발 하지 말아요 나는 이미 돌이킬 수 없고, 당신은 애당초 이따위 결과에 불과했으니까요

이유를 알려고 하지 말아 줘

월요일에는 내내 이 자리에서 단지 그 사람만을 기다립니다 생크림을 듬뿍 얹은 프라푸치노를 마실 때마다 입가에 간신히 박아 넣은, 긴 머리를 높이 묶고 나를 향해 모나미 볼펜을 휘두르던 여고생의 보조개가 달그락거리네요

어제는 오랜만에 새벽 4시가 한창인 골목으로 쇼핑을 나갔지요 담벼락을 붙잡고 괴롭게 구토하던 미스터 김의 핏줄 터진 눈동자가 단박에 나를 사로잡았는데요, 사방으로 뻗은 빨간 실들이 그 사람과 나를 단단하게 얽어 줄 것만 같았거든요

그 사람은 시계가 정확히 3시를 가리키면 카페에 들어온답니다 부디 그 사람이 기분 좋게 달그락거리는 내 입가에 열렬하게 키스를 퍼부어 주길! 이보다 더 잘 어울릴 수 없는 나의, 나만의 눈동자를 혀끝으로 살살 굴리며 유리잔 속에서 부서지는 얼음처럼 미소 지어 주기를!

3시가 되기 1분 하고도 15초 전입니다

정신 나간 베이비

"너는 지나치게 뜨겁고 울퉁불퉁해. 그런 네가 무서워 견딜 수가 없어."라고 당신이 말한 순간 살점에 겨우 달라붙어 있던 어금니를 삼키고 말았다. 바닥의 바닥의 바닥까지 보일 정도로 투명한 테이블 위에 흩어진 내 눈빛을 물티슈로 대충 훔친 당신은 할 말은 그것뿐이었다며 어깨를 으쓱거린다. 그런데 이상하기도 해라, 당신이 어깨를 으쓱거릴 때마다 목에 걸린 어금니가 웃음을 터뜨리는 게 아니겠어? 매일 아침 그래 왔던 것처럼 목구멍 안으로 손가락을 집어넣었지만 그러면 그럴수록 어금니는 볕 좋은 봄날, 들판으로 번져 가는 불길처럼 킬킬거리기만 한다. 그나저나 당신, 여전히 멀미처럼 어깨를 으쓱거리기나 하고 말이지. 눈이 부실 정도로 희고 가지런했던 어제를 기억하기는 하니? 그래, 마치 당신의 치열 같은 어제를 말하는 거야, 소스라치게 아름다워 짜증을 유발시키는 사람아. 오늘이 이토록 형편없이 뒤틀릴 줄 알았더라면 어제의 대가리를 돌로 내리쳤어야 하는 건데. 그 자리에서 즉사한 어제의 피부를 벗겨 내 당신을 꽁꽁 감쌌어야 하는 건데. 흘러내린 땀과 어제가 흘린 피로 검게 얼룩진 왼쪽 겨드랑이에 당신을 끼우고 나도 모르고 당신도 모르는 장소로 아주 멀리 달아났어야 하는 건데. 내가 달리고 또 달릴 때마다 당신은 자궁에서 밀려난 아기처럼 억울해서 미칠 것 같은 목소리로 울부짖었을 텐데, 뭐 그런 생각을 하는 동안 어머나 세상에, 어금니가 오래오래 터뜨린 웃음이 내 온몸을 펄펄 끓이고 있었네? 이미 한계까지 끓어 버린 내가 촛농처럼 녹아내리고 있었네? 당신은 그런 나를 향해 길고 가는 손가락을 내밀더니 한입, 정말 딱 한입만 찍어서는 입으로 가져갔다. 그러고는 고개를 가로젓더니 이렇게 소리치는 것이다. "너는 미쳤어! 미치지 않고서야 이럴 수는 없는 거야!"

●정신 나간 베이비: Fishmans, 「いかれたBaby」.

마리모는 물만 자주 갈아 준다면 무럭무럭 자라 납니다

정말로, 월요일은 나에게 치명적이지 않았다. 그저 나를 자르고 또 자른다고 한들 부드러운 단팥 따위, 지긋지긋한 단맛 따위 흐르지 않는다는 사실을 확인했을 뿐이다. 내 몸에서 흐르는 건 오히려 흐물흐물하고 생기 없는 녹색에 가까웠다.

내 몸에서 흐르는 게 단팥이 아니란 걸 알게 된 당신은 김이 모락모락 나는 그릇을 말없이 내밀었고 그릇 안에는 설익은 월요일이 알약 몇 개와 함께 들어 있었다. 부엌에는 발걸음도 하지 않던 당신이 나를 위해 요리를 해 주다니, 감탄해야 마땅하지만

나는 입을 다문 채 알맹이가 사라진 사탕 껍질처럼 바스락거리기만 했다. "이런 일이 또 생기면 그때는 응급실로 가셔야 합니다." 말끔하게 약품 처리된 목소리가 유령처럼 목구멍을 맴돌았다.

이윽고 당신은 반짝반짝 일렁이는 죽음이 담긴, 이탤릭체로 장식된 푸딩 병을 가져와 식탁 위에 내려놓았다. "이 안에 들어가면 그 어떤 요일도, 심지어 나조차도 당신을

괴롭힐 수 없을 거야."

세상에, 저렇게 작고 깜찍한 죽음을 대체 어디서 구입한 거야? 당신이 알로에 마스크 팩을 구입하기 위해 자주 들르는 드러그스토어에서? 묻고 싶은 게 많았지만 당신은 고개를 가로저을 뿐이었다.

"당신을 그대로 복사한 듯한 아이를 내 배로 낳고 싶었어." 차갑게 식은 월요일과 알약을 미련 없이 개수대에 버리는 당신의 등에 얼굴을 기댄 채 나는 마지막으로 말했다. "아이를 낳아 당신처럼 키우고 싶었느냐고?"

단 한 번만 열 수 있는 푸딩 병의 뚜껑을 뻥, 소리가 나게 열었다 오후 5시 30분의 하늘로 번져 가는 노을처럼 완벽하게 따스한 냄새가 코끝을 찔러 댔다. "그럴 리가. 당신이 나간 사이 그 아일 꽉 끌어안고 옥상 꼭대기에서 멋지게 뛰어내릴 생각이었지."

●마리모: 공 모양의 녹조류.

합정역 딜라이트 스퀘어

사람들은 오후 5시를 향해 신선하게 뻗어 나갔고 야나
는 그런 사람들을 노려보며 오전 10시 반을 쥔 왼손에 더
욱 힘을 주었다

한쪽 귀퉁이가 완전히 훼손된 택배 상자는 정확히 오전
10시 반에 숨을 거두었고 죽은 상자 안에는 서른 개의 두
유가 꿈도 없는 잠에 푹 빠져 있었다

맙소사, 너희에게는 다른 이의 죽음이 고작 보송보송한
담요에 불과한 거야?

야나는 녹슨 가위를 허공으로 쳐들었다 네모반듯한 목
숨들은 눈을 뜨기 무섭게 야나의 손아귀에서 구겨졌고 고
소한 생애들이 하수구로 비릿하게 쏟아졌다 이토록 부드
럽게 죽음을 선물해 주는 사람이 있다는 사실에 너희는
감사해야 해

거듭된 살인으로 희게 얼룩진 개수대를 닦으며 야나는
웃었다 왜냐하면, 내게는 그런 사람이 없거든 내 배를 애
플파이처럼 따끈하게 갈라 줄 사람 말이야 그런 사람을 찾

기 위해 매일 새벽, 골목골목을 한 손에 곰 인형을 쥔 꼬마처럼 신나게 누비지만 도무지……

지난 팔 개월 동안 단 한 번도 자르지 않은 앞머리가 물기 어린 야나의 눈동자를 삽시간에 먹어 치웠다 깊고 새까만 통증이 야나의 왼손에 외마디 비명처럼 떨어졌다

거위 깃털로 꾸며진 소파에 앉아 사람들은 단맛과 짠맛이 동시에 느껴지는 순간을 빨대로 쭉쭉 마셨다

각설탕

손님이라곤 없는 카페의 가장 구석진 자리에 앉아 실비아 플라스의 일기를 펼친다 *엄마의 자궁 속으로 도로 기어들어 가고 싶다*라는 문장을 정확히 세 번 소리 내어 읽은 후 일기를 덮는다

샌드위치는 차갑게 식어 가고 소스 묻은 나이프가 햇빛에 반짝인다 나이프로 나를 얇게 저미고 싶다고 생각한다 샌드위치 사이에서 흐늘거리는 토마토처럼 저며진 나를 *자*와 *궁* 사이에 끼워 넣을 수만 있다면 얼마나 좋을까, 생각하고 또 생각한다

빗금처럼, 한 올의 머리카락처럼 *자*와 *궁* 사이에 끼워진 나를 누군가 성심성의껏 먹어 치워 주었으면! 단단하고 누런 이가 나를 씹고 뜯을 때마다 나는 굵고 싱싱한 기쁨을 보글보글 터뜨릴 텐데! 번들번들 기름진 기분으로 단숨에 넘어갈 텐데!

그의 가장 은밀하게 주름진 구멍에서 가장 하찮고 쓸모없는 오물로 배설되고 싶다 쿠르릉, 하고 변기 물이 내려가는 소리와 함께 어둠 속으로 흔적도 없이 녹아들고

싶다 손가락 끝에서 우스꽝스럽게 부스러지는 이 죽음처럼, 뜨거운 커피 위 창백한 익사체로 둥둥 뜬 이 우울처럼

　손등에 튄 커피 한 방울을 날름 삼킨다 두꺼운 일기는 그 자리에 틀림없이 놓여 있다

포스트 모템

나는 시체들에게 화장을 해 준 뒤 사진을 찍어 주는 사람이었다 볕 좋은 오후, 속눈썹에 맺힌 간밤의 꿈이 바삭하게 말라 가고 나는 일부러 눈물을 흘린다

산 자보다 더욱 그럴듯하게 꾸며진 시체들이 나와 카메라를 향해 뼈가 드러나도록 미소 지었다 나는 당신들이 부럽습니다, 마침내 생을 벗어던지고 희고 차갑게 빛나는 당신들이 미치도록 부럽습니다, 그런 생각을 하며 끊임없이 목을 그었지만 죽지는 않았다 혈관에서 갓 뿜어진 피는 좋은 화장 재료에 불과했고 사진을 찍어 준 대가로 받은 손가락과 눈알이 주머니에서 짤랑거릴 뿐이었다

침묵으로 덧칠된 사위가 시야를 가렸다 렌즈에 묻은 한 방울의 침묵을 닦아 내며 어떻게 하면 죽을 수 있습니까, 어째서 나는 죽지 못하는 겁니까, 질문을 던졌지만 마치 약속이라도 한 듯, 시체들은 일제히 뼈를 다물었다 그리고 다시는 웃지 않았다 몇 번이고 하나 둘 셋, 찰칵! 외치며 나는 이 꿈에서 영영 깨어나지 않길 바랐지만 결국 바람은 바람으로 끝났다

여전히 볕 좋은 오후, 아무리 눈물을 흘려도 꿈은 촉촉해지지 않는다 눈을 한 번 깜빡하자 속눈썹과 함께 떨어진 꿈이 침묵처럼 새까만 그림자에 녹아든다

라무네

당신을 마시기 위해
당신의 모가지에 입술을 대자
둥근 그림자가 불쑥 떠오른다

그림자는 꺼내려고 하면 할수록
비누처럼 미끄러진다
오히려 당신의 앞을 가로막고
킬킬대기까지 한다
사소한 편두통에 불과했던
그것이 당신을 짓누른다

누구도 알지 못했다
당신 내부에 깃든, 고작 그림자 따위가
자신을 단단하게 가꾸리라곤
마침내 출렁이는 살갗을 발판 삼아
당신 위로 두둥실 떠오르리라곤

한낮의 고요를 질겅이던
담장이 당신을 향해 달려온다
미처 피할 새도 없이

당신이라 믿었던 모든 것이
부서지는 동안 담장의 얼굴 위로
달짝지근한 피가 흐른다

발밑으로, 당신보다 더 그럴듯한
그림자가 굴러온다

●라무네: 일본의 청량음료. 탄산이 터져 나오는 것을 막기 위해 병 입구
에 유리구슬을 넣었다.

이런 슬프고도 연둣빛 나면서도 정직한 농담

벽의 가슴을 다정하게 감싸 안은 오후를 신경질적으로 긁어낸다 거죽 사이로 드러난 갈비뼈처럼 앙상해진 벽을 어루만지며 내내 히죽거린다 비둘기의 오줌 냄새를 바른 빵과 갈가리 찢긴 별의 사지를 띄운 맥주를 마시며 나는 당신에게 말했다 이걸 봐, 두 눈동자를 뿌리까지 싹싹 파냈어 뻥 뚫린 자리에는 당신이 좋아하는 온갖 것들을 채워 넣을 거야 립스틱이 사방으로 번진 입술, 별 모양 장식이 사라진 귀걸이, 낱장으로 흩어지는 오래된 책, 그리고…… 갑자기 소리 나게 포크를 내려놓더니 이런 농담을 던지는 네가 너무나도 지루해, 하며 당신은 자리에서 일어났고 나는 재빨리 손목을 깨물었다 바닥으로 뚝, 뚝 떨어지는 핏방울이 당신을 붙잡기 위해 필사적으로 검붉어졌지만 당신은 뒤도 돌아보지 않았다 불과 1년 전의 일이다 오후를 잃고 상심한 벽이 시들시들 죽어 가는 동안 당신은 돌아온다, 돌아오지 않는다, 당신은 돌아온다, 노인처럼 쉰 목소리로 중얼거린다 머리칼에 달린 살점 같은 시간이 발밑에 수북이 쌓여도 당신은 돌아오지 않고 텅 빈 동공은 눈물조차 흘리지 못한다

제3부

붉거진 여드름이 하나, 둘

오늘은 마치 금박 입힌 액자에 끼워 넣은 풍경 사진 같은 하루였죠. 나를 사탕수수처럼 씹어 대던 그 사람이, 단물이 빠지자마자 기다렸다는 듯 나를 바닥에 짓뭉개 버린 바로 그 사람이 나에게 다가와 해맑게 인사하기 전까지는 말이에요. 그 사람의 얼굴에는 여드름 같은 미소가 다닥다닥 붙어 있었는데 살짝만 건드려도 피 섞인 고름이 흐를 것만 같은 미소가 무려 하나, 둘, 셋, 넷…… 그때였어요. 정말 오랜만이야! 마치 기다렸다는 듯, 그 사람이 나에게 한바탕 웃음을 쏟아붓지 않겠어요? 정수리부터 시작해 온몸으로 누렇고 붉게 쏟아지는 웃음, 웃음들! 동시에 예정일보다 이른 생리가 가랑이 사이에서 콸콸콸 쏟아졌지요. 나는 뛸 듯이 기뻤답니다. 물컹하지만 확실하게 비릿한 분노가 그 사람의 코를 떨어뜨릴 수 있을 거라 (무척이나 순진하게도!) 믿었거든요. 하지만 이미 그 사람의 웃음으로 얇게 코팅된 나는 아무 냄새도 풍길 수 없었고 아랫도리만 기분 나쁘게 축축해졌을 뿐이었죠. 금박 입힌 오늘이 그 사람의 손아귀에서 사정없이 부서지는 걸 바라보며 나는 상한 우유처럼 응고된 미소를 흘릴 수밖에는 없었답니다. 오! 한 줌 흙이 된 주제에 여전히 잔망스럽고 예쁜 남편이여!

한없이 부드러운 쪽갈비

랑 리노의 기쁨 사이로 쭉 뻗은, 국물이 벌겋게 배인 종아리를 가늘게 바라보던 토미는 "헤픈 돼지 새끼 같구나." 은을 씌운 어금니로 랑 리노의 기쁨을 찢어발겼다. "아르바이트 그만두고 공부해. 돈은 얼마든지 줄 테니." 윤 쏘팟이 묵은지와 함께 끓인 랑 리노는 뼈가 쏙쏙 빠질 만큼 부드러운 육질을 자랑했고, 어제저녁 멸치젓에 버무려져 국수와 함께 식탁에 올랐던 윤 쏘팟의 광대에서는 여전히 시금털털한 냄새가 났다. "그런데 너, 왜 이렇게 용돈을 많이 쓰냐?" "내가 벌어 온 돈으로 먹고사는 주제에 예쁘지도 않고 애교는 개똥만큼도 없는 그 표정은 뭐냐?" 어느덧 토미는 랑 리노의 팔을 절반 이상 씹어 삼켰고 "미지근한 보리차는 싫다고 했잖아." 토미의 개기름 가득한 미간 사이에 끼어 버린 윤 쏘팟은 간장처럼 피를 쏟아 냈다. 윤 쏘팟이 헐떡이는 목소리로 뭐라 말하려 했지만 토미는 더 힘주어 미간을 조일 뿐이었다. 토미가 랑 리노의 코를 먹는 데 정신이 팔린 사이 랑 리노는 찢어진 기쁨을 몰래 주워 배꼽 안에 갈무리했다. "내 전부 다 바쳐 사랑하는 나의 가족들아, 좋은 꿈 꿔라." 길고 긴 트림으로 랑 리노와 윤 쏘팟을 토닥인 토미는 고깃기름이 묻은 손을 씻지도 않고 침대에 드러누웠다. 윤 쏘팟이 토미의 손에 묻은 기름을 마지막 의식이라도 치르는 것마냥 닦아 내는 동안 랑 리노는 배꼽 때가 군데군데 낀 기쁨을 긴 밧줄처럼 엮어 나갔다. 하지만 군데군데 뜯어 먹힌 탓인지 랑 리노는 자꾸만 헛손질을 했고, 그럴수록 윤 쏘팟이 침을 넘기는 소리가 토미의 숨소리보다도 더 크게 울렸다. 한 조각, 딱 한 조각이 부족해. 마침내 작업을 끝낸 랑 리노가 무심코 중얼거리자 이 인간의 목살은 기네스북에 오른 돼지보다도 두툼하잖니, 토미가 생일 선물로 사 준 푸른 셔츠의 커프스 버튼을 뜯으며 윤 쏘팟이 하하하, 소리 내 웃었다. 잠시 끊겼던 토미의 코골이가 윤 쏘팟의 입술을 짓이기려 다가오는 줄도 모르고.

오라, 달콤한 죽음이여

　자개 화장대는 잠들기에는 지나치게 으스스했지만 마님은 찌코슈가 거기에서 자야 한다고 부득부득 우겼다. 마른 장미 냄새를 풍기는 태평양을 이불 삼아, 유달리 눈동자가 예쁜 청개구리를 베개 삼아 찌코슈는 온몸을 둥글게 말아야만 했다.

　마님은 낡고 망가져 이제는 수리가 불가능해진 아가씨를 품이 넉넉한 주머니 속에 숨겨 두었다. 그 대신 찌코슈를 마님의 통통하고 주름진 왼손 약지에 보란 듯이 끼우고는 이웃집으로 룰루랄라 마실을 갔다.

　딸이 시인이라면서? 그나저나 딸이 이제 삼십대 아닌가? 한물갔네, 갔어. 여자애를 쓸데없이 오래 공부시켜서 그런 거야. 남자는 그런 여자를 아주 질색하는 법이거든.

　딸년 대신 찌코슈, 아름다운 너를 끼우면 우리 집 뒤뜰에 열린 사과대추 하나 맛보겠다고 개처럼 빌빌거리는 동네 여편네들에게 으스댈 수 있을 거라 생각했는데. 틀렸어, 다 틀렸다고!

마님의 푸념을 들으며 찌코슈는 저녁 식탁에 오를 닭 모가지를 일부러 어설프게 잘랐다. 화장대에서 잠들게 된 이후 하얗게 세어 버린 찌코슈의 정수리로, 바싹 말라 버린 입안으로, 코딱지 쌓인 콧구멍 안으로 절반의 성대를 잃어버린 죽음이 푸드득푸드득 떨어졌다.

　아가씨의 조그마한 입안에 설익은 닭 가슴살을 욱여넣으며 마님이 낄낄 흐느끼는 동안 찌코슈는 오랜만에 직립할 수 있었고 그 충격 때문에 돌이킬 수 없을 정도로 척추가 부러졌지만 신경 쓰지 않았다.

　아가씨의 얼굴이 노랗게 뜬 사이. 아가씨의 얼굴만큼이나 노랗고 냄새나는 땀이 자신의 얼굴에서 줄줄 흐른다는 사실에 마님이 분노하는 동안 찌코슈는 정수리와 입안과 콧구멍 안에 꼭꼭 숨어 아아, 인지 우우, 인지 모를 비명을 내지르는 죽음을 마님과 아가씨를 향해 벼룩처럼 훌훌, 털어 내었다.

●오라, 달콤한 죽음이여: 애니메이션 『The End of Evangelion』의 엔딩 곡 제목.

넌 사랑스러운 집고양이야

당신은 귀신의 말을 받아써야 하는 팔자를 타고났어! 이제 막 신내림을 받은 여자의 말이 발밑에 툭 떨어졌다 떨어진 말에 손끝을 가져다 대자 하얀 나비처럼 펄렁이더니 머리에 꽂혔다 놀란 엄마 아빠가 여자의 목소리를 빼기 위해 안간힘을 썼지만 소용없었다 엄마가 나를 껴안으며 눈물겹게 속삭였다 *이제 두꺼운 책 따위 그만 읽고 눈두덩에 새도 칠하는 법이나 배우자* 아빠는 내 발가락 열 개를 모조리 자르며 목구멍에 고인 가래처럼 웃었다 잘린 살점들은 두꺼운 책과 함께 깊숙한 창고에 보관되었다 이따금 서슬 퍼런 여자의 목소리가 두피를 찔렀고 그때마다 해독할 수 없는 빨간 단어가 조각조각 떨어졌지만 아빠는 눈 하나 깜짝하지 않고 걸레를 가져왔다 *저런 건 줍는 게 아니야, 가서 감자나 마저 깎자* 엄마는 내 눈두덩에 분홍과 노랑을 덧입히며 어깨를 두들겼다 제발 나를 주워 줘, 걸레에서 빠져나온 아주 작은 빨강이 발목을 움켜쥐었지만 이내 우지끈, 하는 소리를 내며 퍼렇게 죽고 말았다 *우리 딸, 아주 잘하고 있어* 엄마와 아빠의 흐뭇한 미소를 양분 삼아 분홍과 노랑은 날로 향긋해졌고 삐뚤빼뚤하게 깎던 사과와 감자도 매끈하게 깎을 수 있게 되었다 내가 깎은 사과와 감자가 듬뿍 든 카레를 다섯 그릇째 퍼먹으며 예쁜 장식에 불과해진 여자의 목소리를 매만졌다 문득 잘린 발가락들과 두꺼운 책의 행방이, 더 이상 머리에서 튀어나오지 않는 빨간 단어의 행방이 궁금해졌지만 이내 에디뜨 피아프의 장밋빛 목소리가 고막을 파고들었다 아니, 난 전혀 후회하지 않아, 후회하지 않아, 후회하지……

●넌 사랑스러운 집고양이야: 미국 드라마 「매드맨」의 대사를 변용.

여자는 허벅지

답답하군, 누가 저런 애를 데리고 가겠어? 아빠가 말하고 엄마는 콧등을 실룩였다 남동생은 화단에 오줌을 갈기며 낄낄댈 뿐이었다 가족들은 내게 물 한 모금과 죽은 들쥐의 꼬리처럼 질긴 풍경만 겨우 허락했다 누군가가 나를 데려가기 위해서는 얼마나 말라야 하는 걸까, 풍경의 귀퉁이를 뜯어 먹으며 생각했지만 오히려 허기만 졌고 아빠의 한숨이 어깨 위에 살비듬처럼 내려앉았다

유리창에 부딪혀 머리가 터진 시간이 마당을 뒹굴었다 죽은 시간을 양지바른 곳에 묻어 주기 위해 조그만 삽을 꺼냈다 무슨 짓이야! 내게서 삽을 빼앗은 엄마가 동생의 입에 보약처럼 삽을 물려 주었다 단숨에 삽을 먹어 치운 남동생이 혀를 불쑥 내밀었다 엄마처럼 말라야 아빠 같은 사람과 결혼할 수 있단다, 라고 말하는 엄마는 나만큼 두꺼운 허벅지를 가지고 있었지만 아무 말도 할 수 없었다

여전히 두툼하게 접히는 허벅지를 이끌고 옥상으로 향했다 아무도 나를 데려가지 않는다면 내가 나를 데려가면 되지 그 어떤 남자보다 단단하게 발기한 아스팔트가 나를 향해 두 팔 벌리는, 반쯤 벌거벗은 벚나무의 잘 짜인 근육

이 훤히 보이는 그곳으로 난간을 짚고 하늘을 올려다보았
다 안녕? 혹은 안녕, 이라고 말하며 눈을 감자 꽃사과 향
이 묻은 바람이 내 허벅지에 입 맞추었다

●여자는 허벅지: 다나베 세이코의 에세이집 제목에서 빌려 옴.

취사가 완료되었습니다

구두코처럼 반들반들한 아침을 거부한 지 일주일째 되는 날, 엄마는 나를 둘러업고 깊은 숲속으로 향했다

엄마가 걸음을 옮길 때마다 엄마 몰래 삼킨 동전이 딸꾹질과 함께 튀어나왔다 악귀가 붙은 거야, 세 가닥의 새치를 한꺼번에 뽑으며 엄마가 중얼거렸다

우거진 수풀 사이로 증조할아버지의 모가지가 재채기를 하며 튀어나왔다 엄마는 콧물이 덜렁이는 할아버지의 모가지를 단숨에 따더니 최신형 압력솥에 집어넣었다

취사가 시작되자 엄마가 내 등을 때렸다 조상님을 잘 모시지 않아서 그런 거야! 압력솥과 엄마가 동시에 하얀 김을 내뿜었다

잘 익은 증조할아버지를 한 국자 퍼 담은 엄마가 악귀처럼 웃었다 너는 인내심도 부족하고 싫증도 잘 내고 웃을 줄도 모르니 혼이 좀 나야겠구나!

반쯤 우물거린 증조할아버지는 엄청나게 시끄러웠고

진득진득했다 엄마가 고조할아버지의 모가지를 찾으러
간 사이 나는 압력솥을 호수에 던져 버렸다

흩어진 동전들을 찾아 허겁지겁 주워 먹었다 헨젤과 그
레텔이 떨어트리고 간 빵 부스러기를 쪼아 먹었을 새의 마
음을 조금은 헤아릴 수 있었다

식사 시간

　가족은 언제나 함께 식사를 해야 하는 법이야 나를 억지로 식탁에 앉히며 아빠가 미소 지었다

　아빠, 나는 하나도 배가 고프지 않은데요, 라고 말하려는데 목구멍을 막고 있던 코르크 마개가 뻥, 소리를 내며 검고 매끄러운 머리칼을 쏟아 냈다

　내가 태어나자마자 뻣뻣하게 다림질된 여자가 내 목구멍을 벌렸다 여자는 *아빠에게 잘해 드려야 해요!* 라는 문장과 함께 검고 풍성한 머리칼을 내 목구멍에 욱여넣고는 코르크 마개로 단단하게 봉해 버렸다

　알았어요 열심히 먹을게요! 소리치자 봄날의 곰처럼 만족스러운 표정의 아빠, 내 손에 수저를 꼭 쥐여 주며 말한다 *잡곡밥과 오징어무침은 너에게 이롭단다, 꼭꼭 씹어 먹으렴*

　서울로 가겠다는 나를, 아빠는 방울뱀이 벗어 놓은 허물처럼 쳐다보았다 서울로 가면 너의 목구멍은 너덜너덜해질 텐데?

아빠의 목소리는 어느덧 여자의 목소리로 바뀌어 있고, *아빠에게 잘해 드려야 해요!* 라는 문장이 목구멍을 찌르기 시작했다

이러다가는 온몸에 독이 오를 것만 같아, 알았어요 가지 않을게요! 고래고래 소리치자 *그래야 내 딸이지* 아빠는 한 권의 너덜너덜한 동화책으로 돌아와 있었다

오늘도 반질반질한 타티 씨를 위해 발모제를 발라 드릴게요

　제일 먼저 흰 반바지 가득 흙먼지를 묻히고 뛰어다니던 일곱 살 타티 씨가 외갓집 뒷마당에서 발견한, 부끄러움을 지나치게 많이 타는 탓에 언제나 불그스레한 동심원을 그리던 우물을 두피 가득 펴 발라 볼게요. 저 우물에는 목매달아 죽은 귀신들이 따개비처럼 달라붙어 있으니 가까이 가면 귀신에게 잡아먹힐 거라는 할머니의 말씀을 아끼는 블록 장난감처럼 재미있게 삼킨 채 타티 씨는 왼쪽 발, 오른쪽 발을 우물에 담갔고 우물은 그런 타티 씨의 발바닥을 수줍고도 시원한 손길로 간질였어요. 간지러움을 유달리 잘 타는 타티 씨가 잔뜩 목을 움츠리는 사이, 썩을 놈의 귀신들이 내 손자를 잡아먹네! 한가롭게 꿈틀거리던 지렁이가 그 자리에서 기절할 정도로 고함을 지르며 타티 씨를 잡아끈 할머니 덕분에 타티 씨의 순한 가슴에 온갖 비바람이 들락날락할 정도로 구멍이 숭숭 뚫려 버린 오후 4시 44분 45초도 한 방울 떨어트리도록 합시다. 이번에는 열네 살 타티 씨가 욕을 섞지 않으면 대화가 안 되는 친구들과 어색하게 어깨동무를 한 채 집으로 가던 중 발견한 죽은 고양이의 뻥 뚫린 눈구멍을 발라 볼까요? 타티 씨의 친구들은 가래와 오줌이 잔뜩 묻은 욕설을 뻥 뚫린 눈구멍을 향해 낄낄낄 발사하고는 너도 해 봐! 얼른! 타티 씨의 등이 온통 새까매질 정도로 두들겨 댔고 한참 동안 말이 없던 타티 씨는 마침내 빈 도시락 통에서 밥알과 고추장 양념이 덕지덕지 묻은 숟가락을 꺼내더니 투명한 갈색으로 빛나는 눈동자를 통 속에 든 바닐라 아이스크림처럼 사각사각 퍼내기 시작했죠. 퍼낸 눈동자를 더러워질 대로 더러워진 고양이의 눈구멍에 끼우며 겨우 미소 짓던 타티 씨를 때려눕히고는 병신 새끼! 쪼다 새끼! 운동화 밑창이 터져라 발길질을 하던 친구들은, 들리는 소문에 의하면 타티 씨와는 달리 여전히 풍성하고 윤기 나는 머리숱을 자랑한다고 하더군요. 여전히 뻥 뚫린 모든 것들에게 가래와 오줌 묻은 욕설을 기관총처럼 갈긴다고 하더군요. 그나저나 타티 씨, 이 모든 것들을 하나하나 꼼꼼하게 펴 바르는 것보다는 친구들의 풍성한 머리칼을 모근까지 모조리 뽑아내어 타티 씨의 반들반들한 두피와 숭숭 뚫린 가슴과 뻥 뚫린 눈구멍에 빠짐없이 이식하는 편이 훨씬 더 손쉽고 간편한 방법이 아닐까, 잠깐 생각해 보았는데요. 타티 씨의 생각은 어때요? 사랑스러운 나의 타티 씨, 내 말 듣고는 있는 거죠?

다락방에 핀 푸르스름한 꽃

한 모금의 맥주로 겨우 잠을 청하자마자 곰팡이처럼 푸르스름한 당신들이 꿈의 튼 살을 타고 사방으로 번져 간다 당신들은 쩍쩍 갈라진 여린 살점을 마구 먹어 치우고, 침입자는 언제나 무자비하게 살이 찌는 법이다 어린 날 쏙 빠진 젖니처럼 작아진 내가 *나가제발여기서나가* 소리치지만 이미 고막까지 통통하게 살이 차오른 당신들에게 닿을 리 없는 나의 목소리 아주 작은 방을 하나 그려 그 안으로 들어간다, 문을 꽉 걸어 잠근다 나를 훼손하는 당신들을 죽이려면 어떤 약을 뿌려야 할까? 짐짓 세게 주먹을 내리치지만 사실 알고 있다 내 분노는 이토록 안전한 곳에서만 터뜨릴 수 있다는 것을, 때문에 당신들의 얼굴에 조그마한 생채기조차 낼 수 없다는 것을 당신들을 끝장낼 수 없다면 나라도 끝장내야 속이 후련할 것 같아, 두 손으로 목을 조른다 세상에서 가장 안락했던 방이 빙글빙글 돌기 시작한다 *그만둬제발그만둬* 여전히 젖니처럼 조그만 내가 소리치지만 이미 푸르스름한 멍으로 뒤덮인 나에게 닿을 리 없는 목소리, 작은 쇳소리

어둠이 내 뺨을 후려쳤다

핏기라곤 없는 어둠이 내 왼쪽 뺨을 후려쳤다 터지기 일보 직전인 잠에 서둘러 바늘을 꽂았지만 소독하지 않은 바늘은 여분의 잠마저 곪게 했다 손등에 튄 살점을 날름거리며 어둠이 내 오른쪽 뺨마저 후려쳤다 습관처럼 쑥쑥 웃자란 체념이 눈동자를 단단하게 결박했고 마른 입안에서 하얀 백합이 줄줄이 쏟아졌다 나는 이대로 죽는 걸까, 이대로 죽어 버렸으면 좋겠다, 온몸을 늘어뜨리자 차갑게 식은 살점에서 일곱 살 나를 어딘가로 끌고 가려 했던 검버섯 핀 손이 기어 나왔다 검버섯 핀 손은 결박된 눈동자를 먹어 치우고 백합마저 모조리 먹어 치우더니 여덟 개의 촉수를 가진 한 마리 짐승이 되었다 짐승으로 변한 검버섯이 나를 보며 히죽거렸다 가늘게 벌어진 그의 입에서 회백색 점액질의 달빛이 떨어졌다 온몸의 구멍이란 구멍은 달빛으로 막혀 숨조차 쉴 수 없는 순간, 있는 힘껏 아침을 토했다 찐득찐득한 달빛에 둘러싸인 채 아침은 앙앙 울어 댔다 놀라 나동그라진 검버섯이 여덟 개의 촉수를 버둥거렸다 재빨리 검버섯을 찍어 눌러 창밖으로 던져 버렸다 그사이 곪은 잠에서 흘러나온 고름을 빨아먹고 통통해진 아침이 내 손을 꽉 움켜쥐었다

기억의 절반이 새로운 집을 짓고

동물의 내장처럼 반 토막 난 기억이 허벅지에 엉겨 붙는다 휴지로 훔치면 훔칠수록, 뜨거운 물로 씻어 내려 하면 할수록 깊게 살갗을 파고드는 녀석은 엄마의 포근하고 축축한 안으로 돌아갈 거야 그곳은 아늑하니까, 하고 히죽거리던 돌연변이 아기 같다 기억의 배꼽을 바짝 깎은 엄지손톱으로 누른다 울컥울컥 구토를 하는 녀석에게 나 역시 구토처럼 중얼거린다 굶주린 생쥐에게 갉아 먹힌 자궁을 영영 떼어 내고 싶다고 중얼거렸던 스무 살의 추운 봄날, 너는 내 안에 살그머니 뿌리를 내리고는 뚝딱뚝딱 집을 지었을 테지 잘게 부서진 하늘이 뒤통수에 새파랗게 박혔던 10월의 정오가 너의 초가지붕을 붉고 싱싱한 기와지붕으로 바꾸어 주었을 테고, 나를 생선 살처럼 발라먹던 어둠이 내 머리를 맛없다는 듯 퉤, 뱉어 낸 이른 금요일의 새벽이 너의 흙바닥을 대리석 바닥으로 바꾸어 주었을 테지! 네 집으로 돌아가고 싶어? 개새끼, 어림도 없어! 손톱에서 더럽고 나쁜 냄새가 피어오를수록 기억이 지은 집도 허무하게 부서진다 마침내 완전히 숨이 끊어진 기억의 절반을 변기에 흘려보내며 나는 아랫배를 움켜쥔다 기어코 살아남은 절반의 기억은 이미 새로운 집을 짓기 시작했고 손끝에 밴 냄새는 한 달 후에나 지워질 것이다

●엄마의 포근하고 축축한 안으로 돌아갈 거야 그곳은 아늑하니까, 하고
히죽거리던 돌연변이 아기: 이토 준지, 「소용돌이」 중에서.

여고생에 관한 평범한 필름

어제의 데칼코마니였다 오늘도 빌어먹을 놈팡이들의 시선은 소녀의 펑퍼짐한 골반과 가슴에 꼼꼼하게 엉겨 붙었다 여자는 남자와 억지로 맺는 관계에서 극상의 쾌락을 느낀다지요? 엉겨 붙은 시선들을 손톱으로 긁어내며 소녀는 벌써 몇 개째인지도 모를 풍선껌을 질겅였다 말없이 질겅이기만 했다

점심시간이 되자 국어 선생은 소녀를 죽일 듯이 사랑한다는 핑계로 소녀의 입술을 딸기 꼭지처럼 가볍게 따 버렸다 점심시간 내내 소녀는 쓰레기통에 버려진 입술을 찾으며 투덜거려야 했다

운동장을 배회하는 햇살의 손목에 커터칼을 쑤셔 넣었지만 기분은 풀리지 않았다 여느 때처럼 소녀의 어깨에 입술을 파묻은 시간이 여느 때와는 달리 *너는 그 자리에 땅,* *땅 못 박힌 채 피투성이 면류관이 네 자궁 속으로 파고드* *는 걸 지켜봐야만 할 거야* 상한 초콜릿처럼 겨우 속삭였다

희뿌연 가루를 콜록거리며 딱딱해져만 가는 시간을 밀쳐 내고 소녀는 난간에 기대었다 쌓아 올린 웨하스처럼 위

태로운 결말이 소녀에게 삿대질을 했지만 그것 역시 무시
했다 순간 너, *겨드랑이 털은 정리하고 나가는 거니?* 뒤통
수에 사정없이 꽂혔던 엄마의 목소리가 소녀의 관자놀이
를 땅, 땅 두들겼다

  소녀는 바닥에 주저앉았다 무성한 겨드랑이가 부끄러
워 그만 엉엉 울고 말았다

●여자는 남자와 억지로 맺는 관계에서 극상의 쾌락을 느낀다지요?: 영화
「아가씨」의 대사 중에서.

제가 그쪽으로 가겠습니다

어이쿠 저런, 놀라지 마세요 저는 그저 담배 한 모금을 맛있게 빨기 위해 옥상에 올라온 것뿐이니까요 요즘은 말이죠, 세상이 아주 나빠져서 말이죠, 담배 하나 피우는 게 여간 어렵지 않단 말입니다 아이쿠 저런, 또 왜 그렇게 놀라시는 겁니까? 제 코가 상앗빛 촛농처럼 녹아 흘렀다고요? 게다가 녹아서 흐른 코를 콘크리트 바닥이 아이스크림이라도 되는 양 싹싹 핥아 먹었다고요? 이런 광경을 처음 보시다니, 거기 골반이 아름다운 아가씨는—이렇게 불러도 실례가 되지 않을 거라 믿습니다—서울 사람이 아니시구먼! 혹시 충청도 끄트머리에 있는, 막차가 저녁 8시면 끊기는 고장 출신입니까? 저는 편견이라고는 눈에 낀 약간의 눈곱만큼도 없는 사람이지만 2년 전에 만났던 사람이 충청도 출신이었는데 앞뒤가 흑백처럼 다른 사람이라 무척 곤란했던 경험이 있습니다 저런, 한없이 심약한 아가씨 같으니라고! 눈알이 눈구멍에서 빠져나가 저 혼자 콧노래를 부르며 데굴데굴 굴러다니는 건 서울 사람에게는 아주 흔한 일상이란 말입니다 골반이 아름답고 심약하고 서울 사람이 아니며 어울리지 않는 커다란 안경을 쓴 아가씨, 아가씨의 눈동자도 어서 눈구멍 밖으로 놀러 보내세요 그럼 더 이상 안경 따위로 얼굴 절반을 가리지 않아도 될 텐데요 그나저나 오늘 날씨 참 덥지 않습니까? 혹시 베스킨라빈스 서티원이라고 아시려나? 서른한 가지 종류 색색의 비밀을 파는 아주 쿨한 가게인데 말입니다 아니, 갑자기 왜 비명은 지르고 그러십니까? 잠잠하던 제 아랫도리가 고무줄처럼 쭉쭉 늘어나고 있다고요? 늘어난 아랫도리가 그쪽 집 창문을 향해 자꾸만 뻗어 가고 있다고요? 이런, 이런, 역시 지방 사람은 뭘 모르시는구먼! 그쪽으로 뻗은 제 아랫도리를 어서 잡아 주십시오 아이 참, 빨리 잡아 달란 말입니다 제 아랫도리를 발판 삼아 제가 그쪽으로 재빨리 가겠습니다 가서 모든 걸 설명해 드린다니까요 체리 쥬빌레라는 말처럼 순진한 척하며 울고 있는 아가씨

매력적이고 상냥한 피핑 톰 씨

바닥에 떨어진 내 눈동자가 당신의 비명 속에서 으깨집니다 하지만 코를 감싸 쥘 필요는 없어요 당신의 불규칙한 생리 주기와 주저흔이 복잡하게 새겨진 여고 시절만이 약간 흐를 뿐, 고약한 냄새는 나지 않을 테니까요 당신과 눈이 마주칠 각도를 미처 계산 못 한 나의 불찰입니다 당신이 떼어 내려던 눈곱을 막 포착한 순간이었는데요 폴란드 영화였지요, 아마? 기차에 탄 여배우가 유리구슬을 가지고 놀던 장면을 기억하시나요? 나는 당신을, 그 유리구슬처럼 이리저리 돌려 보았을 뿐입니다 만약 내 눈동자가 입안에서 살살 녹을 정도로 달았다면 이런 상황까지 오진 않았을 텐데요 지금 당신은 뾰족하게 깎은 연필심처럼 진저리 치고 있지만 연필심은 언젠가 무뎌지기 마련이지요 안 그런가요? 당신이 마구 화를 내려는 찰나, 나는 눈동자를 버리는 시늉을 합니다 망가진 동그라미 따위, 세모꼴로 바꿔 끼우면 그만인 걸요!

편도 결석

당신이 헛구역질을 시작하자 이유도 모르고 씨발, 이라는 소리를 들었지만 엉덩이에 빨간 물감처럼 번지는 사내의 눈길이 무서워 잠자코 걸음을 빨리하기만 했던 지난주 늦은 저녁의 골목이, 제 몫의 숟가락을 챙겨 주지 않았단 이유로 똑바로 안 해 쌍년아! 소리치던 열다섯 살짜리 소년에게 뭐라고 이 쌍놈아? 라고 되받아치지 못한 채 그저 무릎을 걸어 잠가야만 했던 스물두 살 여름의 어느 주말이 딸꾹질처럼 인정사정없이 튀어나온다 튀어나온 그것들에서 땡볕 아래 자글자글 익어 가는 들쥐의 시체 냄새가 난다 당신은 잇몸이 시리다 못해 피가 철철 날 정도로 양치를 하지만 냄새는 도무지 사라지지 않는다 "이 냄새가 사라지도록 해 주세요, 제발요!" 누구에게 기도하는지도 모른 채 당신은 거울을 보며 미친 사람처럼 중얼거리지만 냄새는 결코 사라지지 않는다 당신이 잠깐 눈을 떴다 감은 사이, 거울 너머로 까꿍! 하고 나타난 사내와 소년이 씨발 씨발, 쌍년쌍년, 씨발, 쌍년을 재갈처럼 당신의 입에 물리고는 게걸스럽게 웃는다 당신이 노랗고 역겹게 말린 감정들을 다시금 꿀꺽 삼키기를, 죽어 버린 들쥐처럼 무기력하게 익어 가기를, 그래서 케케묵은 침묵의 냄새를 사방으로 풍기기를 기다리며

말만 하세요

오늘도 남자는 신경질적으로 담배 연기를 뿜어 댔고 화분에 물을 너무 많이 주었다는 이유로 나를 잇새에 끼워 과즙처럼 터뜨렸다 터지는 와중에도 오늘은 딸기 맛으로 터져 드릴까요? 나는 남자의 귀에 달큼하게 속삭여야 했다

남자가 점심 식사를 하러 간 사이 창문에 기댔다 8층에서 1층으로 나쁜 냄새를 풍기며 끝도 없이 쏟아졌으면, 끝도 없이 미끄러졌으면 좋겠다고 생각한다 좋은 냄새 따위 풍기고 싶지 않아, 중얼거린다

그 애의 미소를 닮은 구름이 종이 인형에게 입힌 드레스처럼 팔랑거린다 뭐든 잘 먹고 잘 삼켰던 그 애는 어느 날 새벽, 한 주먹의 죽음마저 물도 없이 삼켜 버렸다 오라질 년, 부모보다 먼저 죽은 새끼는 천당에도 가지 못해! 그 애 어머니는 욕설을 내뱉기 바빴다

그 애가 떨어뜨린 조그만 죽음이 방 한구석에 놓여 있었다 나는 그걸 몰래 입안에 넣고 굴렸지만 결국 삼키지는 못했다 있지, 너는 어떻게 죽음을 삼킬 수 있었던 거

야? 마치 자두 맛 사탕을 삼키듯 그토록 달콤하고 담담하게 말이야 계집애, 죽음은 맛있었니?

나도 너처럼 투명하고 둥근 침묵으로 굳어질 수만 있다면! 살기 위해 말랑말랑 터지기 바쁜 오늘과 내일이 지겨워 독한 담배 연기와 몇 가닥 안 되는 흰 머리칼과 핏발 선 눈동자를 목구멍 깊숙이 머금어야만 하는 내가, 손목과 모가지에 도무지 칼을 꽂을 수 없어 아무렇게나 터지고야 마는 내가 피곤할 정도로 무거워

그 애를 닮은 구름은 이미 사라진 지 오래고 남자의 발자국 소리가 뚜벅, 뚜벅 이쪽을 향한다 나는 사방으로 터진 나를, 산산이 흩어진 나를 수습한다 아름다운 결단으로, 영원으로 단단해진 너를 구석 저 멀리 던져 놓은 채

이번에는 사과 맛으로 터질까요, 아니면 체리 맛으로 터질까요? 말만 하세요, 말만

아주 사적인 티눈

설거지를 하기 위해 수도꼭지를 돌린 순간 당신이 죽었다는 사실이 한 통의 문자로 배달되었고 왼쪽 발바닥에 딱딱한 입술이 생겼다 입술에서는 따끈따끈한 개똥을 먹은 뒤 미소 짓던 어느 영화 속 배우처럼 황당하고도 어처구니없는 냄새가 났다

발걸음을 옮길 때마다 **기쁘지 않아?** 입술이 통증 섞인 숨결로 속삭였다

오늘도 그 새끼의 목에 칼을 꽂는 상상을 하며 라면을 끓였잖아 그 새끼의 대가리를 깨듯이 계란을 까서 냄비 속에 휘휘 풀었잖아 빨갛게 익어 가는 면발과 건더기가 그 새끼의 살갗 같아서 한없이 즐거웠잖아

냄비 바닥에 눌어붙은 계란 찌꺼기를 긁어내며 입술에게 그만해, 그만하라고! 편도가 부어라 소리쳤지만 입술은 도무지 멈출 생각을 하지 않았다 오히려 폐가에 사는 귀신처럼 시끄럽게 굴기만 했다

물기 가득 묻은 손으로 잘 벼린 과도를 말아 쥐었다 너

의 수다를 멈추는 데 이만큼 효과적인 방법도 없지, 입술을 향해 의기양양하게 무기를 겨누었지만 입술은 라면 국물 같은 웃음을 쉴 새 없이 쏟아 낼 뿐이었다

솜뭉치로 귀를 틀어막은 채 겨우 입술을 찔렀지만 히히히, 낄낄낄, 집 안은 입술이 쏟아 낸 웃음으로 촘촘하게 뒤덮인 지 오래였다 들숨과 날숨을 내쉴 때마다 쩌억 쩍, 입술이 남긴 흔적이 기름지고 매콤하게 따라붙었다

값싼 연애소설의 결말처럼 입안 점막 사이사이로 식욕이 부풀어 올랐다 여전히 계란 찌꺼기가 눌어붙은 냄비에 넘치도록 물을 받으며 찬장을 뒤적였다 넘친 물이 고춧가루와 함께 발등 위로 출렁대고 마침내 아랫배 부근까지 출렁댔지만 결코 멈출 수 없었다

●따끈따끈한 개똥을 먹은 뒤 미소 짓던 어느 영화 속 배우: 영화 「핑크 플라밍고」에서 배우 디바인이 연기한 마지막 장면.

화장실의 하나코 씨

담벼락 위에 하나코 씨와 한 무리의 꿀벌을 남겨 놓고 너희들은 성심성의껏 달아나기 바빴다 어차피 하나코 씨는 뜬소문에 불과하니까, 어차피 하나코 씨는 죽어도 죽는 게 아니니까, 즐거운 콧방귀가 너희들의 입술에서 뽕뽕 새어 나왔다

설익은 체리 빛깔 원피스는 한 떨기 조롱처럼 펄럭이고 하나코 씨는 허벅지를 긁적이며 윙윙 트림하는 꿀벌들을 무너지듯 쳐다본다 너희들이 하라는 건 모두 다 했는데 뻥 뚫린 허벅지에서 흐른 목소리가 담벼락 아래로 꿀처럼 추락한다

너희들이 딱딱하게 얼린 아이스바를 깨물라고 하면 망설이지 않고 깨물었기 때문에 이미 망가져 버린 어금니 네 개를 전부 잃어버렸지만 괜찮았어 금방이라도 쌀 것 같은 오줌을 참으라고 너희들이 윽박지를 때도, 결국 터져 버린 오줌이 여자 화장실 네 번째 칸을 영영 침수시킨 바람에 잠들 수 있는 유일한 장소마저 잃어버렸지만 상관없었어 나는 너희들을 정말 좋아했으니까

설익은 체리 빛깔 원피스가 펄럭이는 봄날의 오후는 무심코 던진 악의처럼 한없이 투명하고 아래로 흐른 목소리마저 남김없이 핥아 먹은 꿀벌들은 살찐 날개를 접으며 낮잠 즐길 준비를 한다

어차피 살찐 꿀벌은 더 이상 꿀벌이 아니니까, 바로 죽여도 상관없으니까, 여전히 너무나도 즐거워 죽을 것 같은 너희들은 잠든 꿀벌들을 검은 비닐봉지 안에 가두고는 여자 화장실 네 번째 칸을 향해 달려간다

똑, 똑, 똑, 하나코 씨, 거기에 계시나요? 계신다면 제발 아니오, 라고 대답해 주세요, 대답하란 말이야!

팔리지 않는 소설가

콥프르킹글 씨는 백 년 동안 잠든 탓에 영영 깨어나지 못한 공주의 방부 처리된 시체나마 소유하리라 다짐한, 왕자라는 누더기를 걸친 바보 멍청이였어. 콥프르킹글 씨는 언제나 커튼 뒤에 숨어 글을 쓰던 소설가를 아주 좋아했는데, 이 소설가는 단 한 권의 책을 출간했지만 3년 간 고작 214권이 팔렸을 뿐이지. 콥프르킹글 씨는 단 한 권의 책이 꽂혀 있는 서점을 찾아 하루 종일 거리를 헤맸어. 그러고는 오늘은 기분이 10와트 알전구처럼 빛나니까 한 권, 내일은 날씨가 캐러멜처럼 갈색으로 녹아내릴 거니까 또 한 권, 모레는 눈물이 구름같이 흐를 게 분명하니까 한 꺼번에 세 권, 온갖 이유를 가져다 붙여 책을 모았지. 그렇게 모인 단 한 권의 책들은 쌓이고 쌓여 결국 콥프르킹글 씨가 겨우 누울 수 있는 공간만 남게 되었지. 그러나 "차라리 잠들기를 포기하겠어!" 콥프르킹글 씨가 선언함과 동시에 콥프르킹글 씨가 겨우 누울 수 있던 공간은 소스라치는 공포처럼 일렁이는 우물이 되고 말았어. 콥프르킹글 씨는 우물 속에 잠겨 숨이 넘어가려고 하는 와중에도 "당신만큼은, 정말이지 당신만큼은 물에 젖게 할 수 없어!" 하고 외치며 필사적으로 책들을 구석으로 밀쳐 냈지. 마침내 쉼 없이 일렁이는 공포는 콥프르킹글 씨의 정수리까지 차고 넘쳐흐르더니 집 안 구석구석까지 푸르게, 푸르게…… 너, 촉이 아주 좋구나. 맞아. 단 한 권의 책에 등장하는 주인공 중 한 명에서 따온 이름이 바로 내 이름이야. 얼마 전 그 책을 스무 장 남짓 읽어 보았는데 두 주인공 모두 머리 한구석을 조여 주는 나사가 모조리 풀린 것 같더라. 물론 콥프르킹글 씨보다는 좀 더 조여진 나사였지만 오십보백보지 뭐야!

한 번의 장례식

아가타가 여섯 살 때 신었던 분홍색 에나멜 구두는 이렌느의 실연을 담기에는 터무니없이 비좁았지만 아가타는 그 터무니없음이 썩 마음에 들었다. 유라이가 실연에 달린 스무 개의 웃음과 서른다섯 방울의 눈물을 신속하게 잘라 나갔다. 사방으로 솟구치는 파란 핏물이 유라이의 그림자를 적셨지만 유라이는 그 사실이 썩 마음에 들었다. 이리가 이렌느의 실연을 조심스럽게 구두에 담았다. 몸통만 덩그러니 남은 실연은 에나멜 구두에 딱 알맞았고 이리는 그 알맞음이 썩 마음에 들었다. **구두를 어서 땅에 묻기로 하자. 자른 이것들은 기념으로 나누어 갖도록 하자.** 아가타는 8년 전, 심장마비로 돌연사한 문학 선생님처럼 말했고 세 사람은 웃음과 눈물을 사이좋게 나눈 뒤 각자의 코트 주머니가 넘치도록 담았다. 그리고 이 모든 사실이 썩 마음에 들었다. 오직 속눈썹 같은 불만으로 똘똘 말린 이렌느만이 이 모든 것이 마음에 들지 않았고 "나는 아직 그 사람을 잊지 못했어! 알겠어?" 세 사람을 향해 삿대질을 했지만 분홍색으로 예쁘게 반짝거리는 에나멜 구두는 이미 땅속으로 깊숙하게 사라진 지 오래였다.

분홍 구두

모르겠어요. 문득 정신을 차려 보니 나는 바닥에 누워 있었고 내 곁에는 생전 처음 보는 여자의 시체가 누워 있었지요. 그 시체는 세상에나, 발목이 잘려 있었어요! 매끈한 곡선이 아름다운 하얀 발목에는 분홍색 굽 높은 구두가 신겨져 있었는데요, 그 맵시가 어찌나 섬세하고 아름다운지 형사님도 보시면 아마 감탄하실 거예요! 특히 구두, 빛깔도 참 미치도록 예쁜 그 구두를 빨리 보여 드리고 싶군요.

그래요, 이제 기억이 납니다. 나는 여느 때처럼 구두를 사기 위해 상점에 들어갔어요. 저는 구두를 아주 좋아해요. 그중에서도 특히 분홍색 구두를 좋아한답니다. 그냥 분홍색 구두는 싫어요. 나는 형광 분홍색으로 빛나는 벨벳 소재의 구두를 아주 좋아하죠. 그런 구두를 보는 순간, 나에게는 달려 있지 않은 그것이 불끈 솟아나는 느낌이에요!

형사님, 조금만 더 인내심을 가지고 내 이야기를 들어 봐요. 발목 잘린 시체가 그리도 중요한가요? 분홍색 구두를 신고 거리에 나서면 난 무척 기분이 좋아요. 기분이 좋다, 라는 말로밖에는 표현할 수가 없어서 슬플 정도군요. 특히 또각또각, 하는 굽 소리가 물결치듯 들릴 때마다 아랫도리가 축축해지는 걸 느끼죠.

그리고 사람들의 시선. 마치 바늘처럼, 나에게 촘촘히 박히는 그 시선들! 내 몸에 박힌 시선을 하나하나 뽑아낼 때마다 나는 더없이 음란하고 더없이 정숙한 존재가 된 기분을 느껴요. 형사님은 이 기분을 결코 알 수 없을 거예요. 당신은 곧 죽어도 모를 거야.

물론 내 품 안에서 피를 철철 흘리는 이 계집의 발목은 내 발목보다 하얗고 매끈하고, 심지어 아름답기까지 해요. 형광 분홍색 벨벳 구두는 이런 발목에 더없이 잘 어울리지. 그래서 용납할 수 없었어, 내 분홍색 구두를 앗아 간 이 계집을.

나는 이 계집에게 참을 수 없는 질투를 느꼈어요. 금방이라도 피부를 뚫고 나올 것만 같은 질투였다고요! 알겠어요? 이 분홍색 구두는 내 거예요. 터럭 한 올만큼도 양보할 수 없어.

난 미치지 않았어요. 난 그저 내 분홍색 구두를 되찾고 싶었을 따름이에요. 이런 제길, 구두에 피가 묻었잖아! 잠깐만 기다려요. 이 피를 닦아 내야겠어. 손수건은 어디에 있지? 사랑스러운 내 구두, 내 구두에 얼룩이 묻는 것보다 끔찍한 일이 이 세상에 어디 있겠어?

여성의 말, 귀신의 말

박상수(시인, 문학평론가)

1. 어째서 감정은 토해 낼 수 없는 걸까

만약 당신이 시집, 하면 떠올릴 수 있는 익숙한 위로와 성찰을 기대했다면 이 시집을 펼치지 않는 것이 나을지도 모른다. 순진한 화자가 의도치 않은 사건을 만나 상처를 통해 자신을 성찰하고 성장하는 서사란 이 시집과 어울리지 않는다. 세계가 바뀔 것이라는 믿음, 내가 더 나은 존재가 될 수 있을 것이라는 기대를 박탈당한 자가 표면적으로는 이 시집의 주인공처럼 보이기 때문이다. 차라리 자기를 학대하고 파괴하는 방식으로 이 폭력적인 세상을 끝장내는 것이 나을지도 모른다.

그러나 이렇게만 쓰는 것은 옳지 않다. 오영미의 화자는 여성 화자이다. 세계의 폭력성은 여성에게만 선별적으로 작동된다는 자의식이 이 시집의 가장 강력한 발화 지점이다. 오영미의 시집은 남성 권력으로 젠더화된 세계가 끊임없이 여성 화자를 평가하고, 대상화하고, 타자화하며, 물

화하고, 언어를 빼앗고, 구석으로 내몰고, 혐오를 내면화하
도록 강요하며, 성적으로 착취하고, 폭력적으로 신체와 정
신을 침탈하는 일들이 태연하게 반복되는 그런 현실을 보
여 준다. 마치 끝나지 않는 악몽처럼 되풀이되는 고통 속에
서 오영미의 여성 화자는 세계의 불의와 불공정함을 고발
하고, 또 강력한 분노로 몸서리치지만 바뀌지 않는 현실 질
서 앞에서 제 몸을 깨트리고 망가뜨려 저항의 마지막 흔적
을 남긴다.

　이렇게 다시 써 봐도 부족하다. 그래서 나는 더 말하게
된다. 너무나 많은, 부서진 유리 공들이 가루가 되어 늪을
이룰 정도로 쌓이고, 우리는 발이 빠진 것처럼 그녀의 강
력한 심리적 충동과 우울한 에너지들에 잠식당한다. 움직
일 때마다 몸 전체가 유리 가루에 쓸리는 아픔. 종일 핏물
에 서걱거리는 이 소리. 당신들에게도 내가 겪은 그 아픔을
생생하게 느끼게 해 주겠다는 열망이 없다면 이런 언어들
이 가능할까. 때로 잔인한 무대를 만들고 영화나 책에서 본
이국적인 이름들을 등장시켜 자신을 감춘 채로 인형극을
펼치지만 그렇다고 비명이 사라질 리 없다. 눈은 웃고 있지
만 입은 찢어진 인형이 비틀린 얼굴로 기괴한 소리를 중얼
거린다. "어째서 감정은 토해 낼 수 없는 걸까, 습관적으로
목구멍에 손가락을 집어넣는 너는 손끝만 대도 문드러지는
연두부처럼 위태롭다"(「하얗고 연약한」)고 말하는 목소리. 차
가운 시선으로 자신을 묘사할 때조차 폭식과 거식, 가학과
피학, 그리고 신체 훼손과 자기혐오가 일상적으로 되풀이

되는 이 세계의 비참은 좀처럼 톤 다운이 되질 않는다. 비명과 고통은 누구에게도 가닿지 못하고, 그렇게 위태롭게 쌓여 간다. 토해 내려고 해도 도저히 토해지지 않는다.

2. 훼손된 언어, 청중 없는 세계의 폭력적 실상

오영미의 화자가 살아가는 세계를 단적으로 보여 주는 두 편의 시를 먼저 살펴보자. 이 두 편의 시가 화자를 둘러싼 세계의 전부는 아니지만 이런 방식의 무수한 스크래치들이 무방비 상태의 피부에 만들어 내는 상처들은 고스란히 여성 화자의 몸에 축적된다는 것이 중요하다.

①

세 명의 사내아이들은 내가 잘 아는 동시에 전혀 모르는 녀석들이었다. (중략) 한껏 들이마셨고 턱 주변에 여드름이 돋아난 녀석이 별안간 고함을 질러 댔다. "저 계집애는 무조건 내 거야!" 그러자 나머지 두 녀석도 "너 따위 여드름쟁이에게 질 수 없어!" 하며 나를 양쪽에서 잡아당기기 시작했다. 아파, 찢어지게 아파, 라고 생각하자마자 나는 두 갈래로 쩍, 소리를 내며 찢어졌다. (중략) 오늘 처음 만난 담임 선생님은 나에게 펄펄 끓는 물을 쏟아붓더니 나를 창밖으로 던지고는 즐겁게 미소 지었다. "너는 가슴이 참 빈약하구나. 가슴 대신 잘 익은 사과나 끈적끈적한 즙이 많은 복숭아가 달렸더라면 이 학교에 영원히 다닐 수 있었을 텐데 말이다."
―「일주일 전 이사 온 프레디 크루거 씨가 건네준

팥 시루떡을 달게 베어 물자」 부분

②

　당신이 헛구역질을 시작하자 이유도 모르고 씨발, 이라
는 소리를 들었지만 엉덩이에 빨간 물감처럼 번지는 사내의
눈길이 무서워 잠자코 걸음을 빨리하기만 했던 지난주 늦은
저녁의 골목이, 제 몫의 숟가락을 챙겨 주지 않았단 이유로
똑바로 안 해 쌍년아! 소리치던 열다섯 살짜리 소년에게 뭐
라고 이 쌍놈아? 라고 되받아치지 못한 채 그저 무릎을 걸
어 잠가야만 했던 스물두 살 여름의 어느 주말이 딸꾹질처
럼 인정사정없이 튀어나온다 튀어나온 그것들에서 땡볕 아
래 자글자글 익어 가는 들쥐의 시체 냄새가 난다 당신은 잇
몸이 시리다 못해 피가 철철 날 정도로 양치를 하지만 냄새
는 도무지 사라지지 않는다

—「편도 결석」 부분

①에서 화자는 자신의 의지와는 전혀 상관없이, 사내아
이들 사이에서 하나의 물건처럼 취급된다. 이 시에 서브플
롯이 한 겹 더 작동하고 있음에 주목해 보자. 공포영화 시
리즈인 「나이트메어」의 연쇄살인마 '프레디 크루거'가 등장
하는 제목의 내용까지 겹쳐서 이해해 보자면 아마도 일주
일 전 새로 이사를 와서 팥 시루떡을 돌리러 온 세 명의 아
이들이 화자가 혼자 있는 것을 알고 현관문을 열고 침입하
여 화자에게 성적 폭력을 행사한 것으로 보인다. 그럼에도

(정신과) 상담 선생님은 화자의 피해 사실과 절규를 귀담 아듣지 않고 그것을 의미 없는 개인적 망상으로 해석하여 대수롭지 않게 흘려버린다. 담임선생님 또한 화자의 고통 에 귀를 기울여 같이 분노하기보다는 그녀의 몸을 다시 한 번 성적으로 대상화하여 하나의 물건으로 전락시키고 이중 삼중의 수치심을 안겨 주는 데 일조할 뿐이다. "왜 여성의 언어가 이렇게 모욕당하고 훼손되느냐면, 여성에게는 말 만 있을 뿐 그 말에 귀 기울일 청중도 의미 있게 만들어 주 는 비평가도 없기 때문이다"라는 말을 상기한다면 오영미 의 여성 화자가 구석으로 내몰리는 이유 중 하나는 그녀의 말에 진지하게 귀 기울여 주는 청중이 없기 때문이다. 상담 선생님이나 담임선생님이 바로 그 청중의 역할을 해야 하 지만 그들은 전혀 그럴 생각이 없다. 여성의 말은 이해되지 않고, 그럴수록 여성은 고립된다. 아니면 남성적 언어에 적 응하여 그들이 이해할 만한 말로 자신이 보고 들은 것을 말 해야 하지만 그런 방식의 말하기에 익숙해질수록 여성은 심지어 자기가 하는 말에서도 소외된다.

화자의 몸은 여기저기 짓무르고 터져서 소멸해 버리는 감각으로 인지되는데 이것은 또 하나의 부정할 수 없는 현 실 이미지라 불러야 마땅하다. 결국 살인마 '프레디 크루거' 는 바로 사내아이들이며, 상담 선생님이기도 하고, 지배 질

---

1 권김현영, 「타인의 고통을 듣는 자가 가져야 할 태도」, 『다시는 그전으로 돌 아가지 않을 것이다』, (주)휴머니스트출판그룹, 2019, p.155.

서를 대리하는 담임선생님이며 마침내는 이 세계 자체이기도 한 것이다. 화자는 낯선 존재가 내민 달콤한 팥 시루떡을 받아먹은 것뿐이고, 단지 누군가의 호의를 받아 준 것이 다인데, 그에 대한 응답은 폭력적 침탈이며 말로부터의 소외이고, 이제는 살인마들이 만들어 낸 악몽 속에 갇힌 채 도망칠 수가 없다.

②는 또 어떠한가. 아마도 성년이 된 여성 화자인 것처럼 보이지만, 이 시에서도 여전히 화자는 그저 헛구역질을 했다는 이유로 한 사내의 적의에 찬 눈길을 받으며 "씨발"이라는 욕설을 들어야 한다. 뿐만 아니라 심지어는 자신의 숟가락을 챙겨 주지 않았다고 나이가 어린 소년으로부터 "똑바로 안 해 쌍년아!"라는 욕설을 듣게 된다. 한국에서 여성으로 살아가며 수없이 경험해야 하는 이 일상적인(!) 여성 혐오의 양상들은 화자가 만만해 보이는 여성이라는 점만 빼면 아무런 이유가 없고, 있다 하더라도 말도 안 되는 억지를 근거로 작동되기 때문에 더더욱 수치스럽고 치욕적인 감정을 안겨 준다. 화자는 수치와 모멸감을 상대에게 그대로 돌려줄 정도로 강력한 멘탈을 갖고 있지 못하기에 더욱 배가된 모멸감에 지배당해 버린다.

오영미의 여성 화자에게 다가서기 위해서는 이와 같은 '이중의 자기혐오 구조'가 중요하다. 남성의 여성 혐오가 첫 번째라면 거기에 반발하지 못하는 자신에 대한 혐오가 두 번째 여성 혐오이다. 불행하게도 약자가 마음 놓고 미워할 수 있는 대상은 어떤 경우에는 자기보다 약자이거나 오직 자기 자신뿐인 것이다. "자글자글 익어 가는 들쥐의 시체 냄새"가 몸에 달라붙어 어떻게 해도 지워지지 않는 기분. 음식물 찌꺼기와 세균이 결합하여 만들어진다는 '편도 결석'이 내 입안의 편도 어딘가에 박혀 있음을 확인했을 때의 진저리 쳐지는 심정. 결국은 냄새나는 자신을 탓하게 되는 이 지독한 자기 비하의 구조 안에서 화자는 미칠 듯한 기분에 시달리며 극한에 내몰릴 수밖에 없다.

3. 그로테스크한 가족 비참극

오영미의 여성 화자가 적절한 반발과 저항을 수행하지 못하는 것은 여성의 침묵을 강요하는 남성적 폭력과 억압의 구조가 너무 노골적이고 광범위하며 무차별적이기 때문이기도 하지만 동시에 이 화자가 자신을 역동적으로 움직여 나갈 별다른 심리적 자산을 갖지 못해서이기도 하다. 화자가 구석까지 몰렸을 때라도 마지막까지 기대 볼 수 있는 것이 바로 가족 아닐까? 하지만 그녀에게 가족은 자신을 길들이려는 정상 가족의 신화가 작동되는 또 다른 몰이해와 폭력의 진원지일 뿐이다.

당신은 귀신의 말을 받아써야 하는 팔자를 타고났어! 이 제 막 신내림을 받은 여자의 말이 발밑에 툭 떨어졌다 떨어진 말에 손끝을 가져다 대자 하얀 나비처럼 펄렁이더니 머리에 꽂혔다 놀란 엄마 아빠가 여자의 목소리를 빼기 위해 안간힘을 썼지만 소용없었다 엄마가 나를 껴안으며 눈물겹

게 속삭였다 이제 두꺼운 책 따위 그만 읽고 눈두덩에 새도
칠하는 법이나 배우자 아빠는 내 발가락 열 개를 모조리 자
르며 목구멍에 고인 가래처럼 웃었다 잘린 살점들은 두꺼운
책과 함께 깊숙한 창고에 보관되었다 이따금 서슬 퍼런 여
자의 목소리가 두피를 찔렀고 그때마다 해독할 수 없는 빨
간 단어가 조각조각 떨어졌지만 아빠는 눈 하나 깜짝하지
않고 걸레를 가져왔다 저런 건 줍는 게 아니야, 가서 감자나
마저 깎자 엄마는 내 눈두덩에 분홍과 노랑을 덧입히며 어
깨를 두들겼다

               —「넌 사랑스러운 집고양이야」 부분

  이번 시집에 또 다른 이름을 붙일 수 있다면 '그로테스
크 가족 비참극'이 아닐까. 경제력을 가지고 있다는 이유로
집안을 틀어쥐고 있는 가부장과 그런 아버지에게 순종하
며 살림과 양육을 담당하는 엄마, 부모가 시키는 대로 남녀
의 사회적 역할을 아무런 저항 없이 훈육받는 아들, 딸. 소
위 '정상 가족'의 이데올로기는 오영미의 여성 화자가 병들
어 가는 근본 억압이기도 하며 여성 혐오라는 사회적 폭력
으로부터 끝내 도망칠 곳이 없음을 자각하게 되는 막다른
벽이기도 하다. 특히나 여성을 영원히 '가족'이라는 '사적
영역'에 가둬 두고 '공적 영역'으로 진출하지 못하게 하려는
이 지긋지긋한 발상은 가장 친밀하다고 믿어지는 존재들에
의해, '사랑'이라는 이름으로 가해지고 있다는 점에서 그야
말로 숨 막히는 억압이기도 하다.

인용 시에서 여성 화자는 "귀신의 말을 받아써야 하는 팔자", 즉 여기 말고 다른 곳을 살아가는 존재의 말을 받아써야 하는 자로서의 운명을 타고났다는 말을 듣지만 다른 세계의 가능성과 접속한다는 이 말은 정상 가족의 부모에게는 딸의 운명이 비정상적으로 펼쳐진다는 위험신호로 해석될 뿐이다. 시적으로 구성된 현실 안에서 여성 화자는 아마도 어린 시절부터 일종의 귀신을 보는 체험을 했던 것 같다. "엄마, 새로 사귄 친구야. 인사해. 그날 이후, 가족 모두가 녀석을 두려워했고 녀석의 이름이 몰리나란 건 어렵지 않게 알 수 있었어. 내가 몰리나에 대해 이야기를 꺼낼 때마다 그들은 나를 두들겨 패거나 온몸에 소금을 뿌려 대곤 했거든"(「소녀, 소녀를 만나다」)과 같은 구절을 읽다 보면 귀신을 본다는 바로 그 사실 때문에 가족들이 치료를 명분으로 그녀를 더욱 폭력적으로 통제하려고 했음을 알 수 있다. 하지만 다른 세계의 존재, 혹은 '귀신'은 이 고립되고 이해받지 못하는 여성 화자에게는 어쩌면 자신을 이해해 주는 유일한 친구로 느껴졌던 것 같다. 화자는 다른 세계의 이 낯설고도 익숙한 존재, 오직 자신의 환상 속에서만 살아 움직이는 귀신에게 이국적인 이름을 붙여 준다. 이번 시집에 등장하는 무수한 이국적인 이름들은 바로 이러한 체험에서 발원하여 고독한 여성 화자의 유일한 친구 이름이 되기도 했다가, 굴절된 사랑을 앞에 두고 가학과 피학, 신체 훼손을 주고받는 분열된 자아의 이름이 되기도 하고, 가끔은 닿고 싶은 먼 세계의 아름다운 구원의 상징이 되기도 한다.

그러나 부모에게 딸은 적정 체중을 유지하고, 외모를 잘 가꿔 적당한 남자를 만나, 아이를 낳고 키우며 사는 역할을 수행해야 만족스러운 존재이다. 아직도 이렇게 전근대적인 가족이 있을까 싶지만 바로 이런 대목에서 딜레마가 발생한다. 여성이 처한 현실이 전혀 바뀌지가 않아서 그것을 재현하는 여성시의 언어 또한 바뀌지 않는 것처럼 보이지만 여성 화자가 아니라 지독하게 바뀌지 않는 이 남성적 권력의 세계가 문제인 것이다.

책을 많이 읽어서, 각성과 사유를 추구하는 여자가 되고 싶었고, 여기 말고 다른 세계를 꿈꾸었기 때문에, 그래서 귀신을 보는 것이라고 믿는 엄마는 "이제 두꺼운 책 따위 그만 읽고 눈두덩에 섀도 칠하는 법이나 배우자"는 말을 속삭이고 아빠는 여성 화자의 발가락 열 개를 모조리 잘라 아예 딸의 다른 삶의 가능성을 막아 버린다. 아이섀도를 칠한 집고양이라니. 이 우스꽝스럽게 "사랑스러운 집고양이"라니. 성별 분업의 훈육 기제가 가장 강력하게 작동되는 장은 대체로 가족과의 식사 시간이며, 여기서 여성 화자는 먹기 싫은 음식을 끊임없이 강요받으며 ""그런데 너, 왜 이렇게 용돈을 많이 쓰냐?" "내가 벌어 온 돈으로 먹고사는 주제에 예쁘지도 않고 애교는 개똥만큼도 없는 그 표정은 뭐냐?"" (「한없이 부드러운 쪽갈비」)와 같은 언어폭력의 희생양이 된다. 예쁘지 않은 여성은 멸시받는다. 웃지 않는 여성은 욕을 먹는다. 애교가 없는 여성도 욕을 먹는다. 남성의 보호를 받아야 하는 의존적인 존재라는 신호를 끊임없이 드러내어 자신이 결코 위험하지 않은, 확실한 위계 구조 안에서 시혜를 받아야 하는 존재임을 어필하기 위해서 미모와 웃음과 애교가 필요하다. "사회 저변에 존재하는 여성에 대한 멸시와 혐오는 삶에서 구체적 폭력이나 모욕의 경험으로 직접 들이닥치지 않은 경우에도 개인에게 강력한 힘을 발휘한다. 해당 사회에서 여성으로 살아가는 일상을 유지하는 것만으로도 혐오감을 학습하기에는 충분한 것"[2]이라는 말을 기억한다면 남성에게는 아무렇지 않은 어떤 풍경이 여성에게는 그 안에 속해 있다는 것만으로도 여성 혐오의 현실을 자각하는 계기가 되고 마는 셈이다.

결국은 오영미의 여성 화자에게 음식 혹은 먹는 행위는 주로 남성 질서의 노골적인 욕망이 자신을 침범하는 사건으로 경험된다. 따라서 먹는 행위는 다양한 섭식 장애와 결합된다. 어떤 의미에서 거식증은 기성 질서의 침범을 더 이상은 허용하지 않겠다는 다짐의 실행이기도 하며, 자기 신체를 스스로 제어할 수 있다는 부분적 쾌락을 선사하기도 하지만 동시에 스스로를 망가뜨리는 결과로 이어진다. 이번 시집에서 지속적으로 반복되는 '구역질' 또한 억압적 질서에 대한 육체의 무의식적 반발이라는 상징성과 무리 없이 만난다. 화자는 먹었다가 토해 내는 몸의 반응을 지속적으로 출현시킴으로써 이 지독한 세계를 밀어내기 위해 반응하고, 그럼으로써 겨우 버틴다. 남성들은 자기 신체를 공

---

2 이민경, 『탈코르셋: 도래한 상상』, 한겨레출판, 2019, p.141.

간화하여 자아상과 동일시하는 일이 거의 없고, 그런 이유로 자신의 신체 정도는 언제든 초월할 수 있는 곳으로 여긴다면, 극한까지 내몰린 여성 화자에게 자신의 몸은 공간적으로 여성 자아와 동일시되며 더 이상 물러설 곳이 없는 절벽 끝 독방이 될 때가 많고, 언제 파멸될지 모르는 싸움을 지속하는 하나의 싸움터이기도 하다.[3] 그렇다면 오영미의 여성 화자는 독방이자 싸움터에서 매일매일의 치열한 싸움을 수행하고 있는 셈이다.

이처럼 여성을 끊임없이 '집고양이'로 길들이려는 지배 이데올로기의 노골적인 시도는 시간과 장소를 가리지 않고 오영미의 여성 화자를 촘촘하게 옥죈다. 주목할 점은 그녀의 자아가 강하지 않고 연약해 보인다는 점이다. 어쩔 수 없이 식사 자리에 참석해야 하는 상황에서도 가부장적 아버지에게 반발하고 뛰쳐나가기보다는 "내가 태어나자마자 뻣뻣하게 다림질된 여자가 내 목구멍을 벌렸다 여자는 *아빠에게 잘해 드려야 해요!* 라는 문장과 함께 검고 풍성한 머리칼을 내 목구멍에 욱여넣고는 코르크 마개로 단단하게 봉해"(「식사 시간」)지는 환상에 사로잡히는 사람인 것이다. 무언가를 토해 내려 해도 머리칼이 목구멍을 막은 것처럼 봉해져서 소리를 낼 수가 없다. "나를 훼손하는 당신들을 죽이려면 어떤 약을 뿌려야 할까? 짐짓 세게 주먹을 내리치

---

3 질리언 로즈 저, 정현주 역, 『페미니즘과 지리학』, 한길사, 2011, pp.331-332 참조.

지만 사실 알고 있다 내 분노는 이토록 안전한 곳에서만 터뜨릴 수 있다는 것을, 때문에 당신들의 얼굴에 조그마한 생채기조차 낼 수 없다는 것"(「다락방에 핀 푸르스름한 꽃」)이라는 인식은 그래서 더욱 절망적이고 사무친다.

4. 굴절된 욕망과 혐오라는 파괴적 에너지

"가족이 해체되고 있는 시대에도 여전히 가족을 통한 구원 담론이 인기를 끄는 이유는 역설적이게도 모든 사회적 관계가 망가지고 있기 때문이다. 누구나 연결감과 소속감을 가지고 싶어 하지만 아무도 방법을 모르기 때문에 다시 가족으로 회귀하는 것이다"⁴라는 말이 오래 잊히지 않는다. 그렇다면 오영미의 여성 화자도 결국 가족으로 회귀해야 할까? 인간은 연약한 존재여서 필연적으로 타인의 인정과 사랑을 욕망하게 되는데, 사회적으로 남성적 응시와 폭력에 노출되고 가족 내에서도 자신의 자리가 없는 오영미의 여성 화자는 가족을 대체할 관계를 찾아 나선다. 동성 친구 혹은 분열된 자기 자신과의 굴절된 애정 관계는 그런 면에서 필연적일지도 모른다.

조금만 더 가까이 와 봐 언니를 좀 더 꼼꼼하게 핥고 싶어 언니의 머리에 내 전부를 와르르 깔깔 묻히고 싶단 말이야 오늘은 말이지, 언니의 예쁜 콧구멍에 내 말캉한 혀를 밀

---

4 권김현영, 『다시는 그전으로 돌아가지 않을 것이다』, p.121.

어 넣은 뒤 아주 격렬하게 쑤셔 볼까 해 벌써부터 흥분되지 않아? (중략)

언니, 어째서 날 피하는 거야? 뭐라고? 이 이상 머리가 닳아 없어지면 곤란하다고? 언니만큼은, 정말 언니만큼은 그 새끼들과는 달리 날 위해 무한하게 열려 있는 결말인 줄 알았는데! (중략) 고작 머리 하나 없어지는 게 그렇게나 큰 일이야? 아니지, 말은 똑바로 해야겠다 언니의 머리가 없어 지기는 왜 없어져? 내 혀끝에, 수많은 돌기들에 하나하나 꼼꼼하게 새겨지는 거라구!

언니, 듣고는 있니? 이 개만도 못한 인간아 이럴 거면 처음부터 나에게 다가오지 말았어야지 내가 구석에 처박혀 엉엉 울고 있을 때 왜 나를 향해 웃어 주었어? (중략) 나 말이야, 닭갈비로 잔뜩 부른 배를 뾰족한 바늘로 푹, 찔러 버릴 거야 모두가 보는 앞에서 흰긴수염고래의 부패한 시체처럼 펑, 터져 버릴 거라구! 사방으로 끈질긴 냄새를 풍기며 나는 기어코 언니를 가리킬 테야 저 사람이 나를 죽인 범인이라 고 울부짖으며 아주 즐겁게 죽어 갈 테야

　　　　　　　　　　　　　—「닳지 않는 사탕을 주세요」부분

오영미의 여성 화자가 대체로 억압적 질서 앞에서 그것을 수동적으로 받아들이거나 고통 속에서 자신의 몸을 훼손하는 방식으로 견딘다면, 비교적 주체적으로 자신의 욕

망을 드러내며 역동적으로 움직일 때가 있는데 그것이 바로 친밀한 동성과의 관계에서이다. 앞서 보았던 작품과는 다르게 위의 인용 시에서 여성 화자는 상대를 "언니"라고 부르며 "언니를 좀 더 꼼꼼하게 핥고 싶어" "언니의 예쁜 콧구멍에 내 말캉한 혀를 밀어 넣은 뒤 아주 격렬하게 쑤셔볼까 해"라고 노골적인 욕망을 드러낸다. 하지만 이것은 상대의 의지나 욕망과는 상관없는 일방적인 폭력일 뿐이어서 원래 화자의 것이었다기보다는 마치 세계가 여성 화자에게 가한 혐오와 폭력을 자신과 언니의 관계에서 흉내 내고 있다는 느낌을 준다.

그러니까 너무 오래 폭력에 노출된 사람은 가해자와 피해자라는 관계 이외에 다른 관계에 대한 감각이 부족해서 나에게 애정을 보이는 사람과의 관계에서는 가해자의 자리에 설 때만이 욕망의 주체가 될 수도 있는 것이다. 인용 시에서도 여성 화자는 자신이 구석에서 울고 있을 때 위로해 주었던 '언니'에게 일방적인 애정을 고백하며 상대의 머리를 닳아 없어지도록 핥아서 그녀를 완전히 자신의 신체로 흡수해 버리기를 욕망한다. 사랑과 욕망, 관계의 '건강한 상호작용'을 배워 본 적 없는 여성 화자는 마치 가학과 피학이라는 관계가 아니고서는 사랑을 감각할 수 없는 불구의 사람인 것처럼 행동한다. 비교적 자신의 욕망을 드러내는 것이 자유로운 동성과의 관계 혹은 두 명의 분열된 자아가 등장하는 시편들에서는 왜곡된 방식으로 사랑에 몰두하며, 죽음을 충동질하는 일그러진 욕망을 과시적으로 드러낸다.

여기에는 이상한 흥분과 활력, 연극적 과잉의 태도가 배어 나온다.

인용 시에서도 결국 자신의 욕망이 좌절될 것임을 예감할 때, 여성 화자가 취할 수 있는 행동은 닭갈비를 잔뜩 먹고 자신의 배를 터뜨려 시체가 됨으로써 자기 죽음의 원인이 '언니'였음을 고발하겠다는 위협이다. 이번에는 거식증이 아니라 폭식증을 발동시켜 좌절된 욕망을 음식으로 대체하고 끝내 그런 자기를 파괴하여 자신을 받아 주지 않은 타인을 벌하고 욕망의 좌절을 보상받겠다는 것이다. 혐오라는 에너지를 일종의 화폐처럼 계산한다면, 남성적 질서의 물화된 대상으로 취급받으며 오랜 기간 혐오에 시달리던 여성 화자가 자신에게 축적된 혐오 화폐를 만만한 애정 관계의 타인이나 자기보다 약한 대상에게 굴절하여 발권함으로써 '과격한 주체화의 열정'을 드러낸다고 보는 편이 맞을 것이다. 그러니까 혐오의 대상으로 수치심에 시달리던 여성은 그것 말고는 관계를 지속할 다른 자원을 갖지 못하여 자신을 망가뜨린 바로 그 감정에 의존하여 타인과의 관계를 지속해 나간다. 그리고는 혐오에 기대어서만 주체로 설 수 있는 것이다.

과격하고 왜곡된 주체화의 열정. 누구를 원망하고 탓해야 할까. 출구 없는 이 잔혹극은 우리들의 세계를 핏빛으로 물들인다. 미래는 사라지고 오직 헛구역질만 남은 세계에서 잠깐의 사랑과 교감도 위안이 되지 못하는 삶이라면 어쩌면 오영미의 여성 화자에게 이 세계는, 그리고 자신은,

텅 빈 구멍 혹은 죽은 "고양이의 뻥 뚫린 눈구멍"('오늘도 반질반질한 타티 씨를 위해 발모제를 발라 드릴게요') 같은 게 아닐까. 이번 시집에는 머리통, 사탕, 우물, 눈구멍, 생쥐에게 갉아 먹힌 자궁 등의 '구멍 이미지'가 등장한다. 구멍들은 이미 죽어 버렸고, 황량하며, 불모의 기억으로 검은 소용돌이를 만든다.

5. 당신은 귀신의 말을 받아써야 하는 팔자를 타고났어

지정 성별 남성으로, 대다수의 시간을 헤테로 남성으로 살아가는 나에게 이 시집을 읽는 일은 오토매틱으로 작동하는 남성 편향적 사고를 근본에서부터 뒤집는 읽기의 태도를 요구했다. 나는 매번 의식적인 노력을 통해 이 시집에 다시 접근해야 했다. 실패와 반복. 또다시 실패와 반복. 이 목소리를 읽어 낼 수 있을까, 읽는다 해도 제대로 읽는 것이 가능할까. 차라리 포기하는 것이 맞지 않을까라는 질문을 던져 가며 시집을 읽고 또 읽었지만 여전히 불안하고 두렵다. 그렇다면 여성 화자가 등장하는 시집은 여성만 읽어야 하는가. 그렇지는 않을 것이다. "무엇보다도 이는 시혜자나 관조자의 입장에서 사회적 약자로서의 여성을 이해해야 한다는 입장보다, 나는 누구이며 어떤 삶을 선택할 것인가라는 자신의 문제의식에서 출발할 때 더욱 효과적일 것이다"[5]라는 말에 기대어, 나는 결코 당신이 아니지만 당신이 꿈꾸는 세계를 지지하며, 그 세계를 만들어 가기 위해 지금의 내 자신을 벗어나려는 노력을 의식적이고 지속적인 노동으로, 사회적 실천으로 만들어 나가기 위해, 내가 할 수 있는 방식 안에서 최선을 다하겠다는 말을 되새기며 이 시집을 읽었다. 그럼에도 불구하고 이 글은 남성 평론가의 이상한 균열과 무의식적 한계를 뻔하게 노출했는지도 모른다. 나의 부족함이 이 시집을 읽는 데 방해가 되지 않았기만을 바란다.

시를 쓰는 일이 대체 뭘까, 라는 생각에 오래 사로잡힐 때가 있다. 어떤 한 존재에게 이토록 진저리 나는 기억들만 안겨 주는 세상이라면 그런 것을 시로 적어 내려는 일이 이 존재에게 단순 재현 이상의 어떤 위로와 희망이 될 수 있겠느냐는 고민 때문이다. 오영미의 여성 화자는 수시로 글을 쓴다. 정동진 썬크루즈 호텔에서 가족들과 식사할 때도 가족들 몰래 냅킨에 글을 쓴다(「정동진 썬크루즈 호텔 라운지」). 왜 쓸데없이 여자애를 오래 공부시켜서 시인이 되게 만들었느냐는 이야기를 들으면서도 시를 쓴다(「오라, 달콤한 죽음이여」). 또한 그녀가 쓰는 작품 안에는 온갖 종류의 음악과 그로테스크한 영화와, 미드 시리즈와, 외국 소설책과 여성 예술가, 기원을 짐작하기 쉽지 않은 이국적인 이름들이 그야말로 다양하게 참조되며 등장한다.

이들은 시집 내내 불행하고 끔찍한 일들 속에서 일종의 서브텍스트로 기능하며 끊임없이 다른 세계의 가능성을 자

---

5 김미덕, 「경합하는 페미니즘'들」, 『페미니즘의 검은 오해들』, 현실문화, 2016, p.200.

극한다. 내가 주목하고 싶은 부분은 바로 이런 대목이다. 과거와 현실의 재현 한가운데서도 그것들이 전부 일차적인 전언으로만 정리되지 않게 균열을 내는 무수한 이국적인 기호들. 지금 여기의 한국적 현실을 뛰어넘으려는 온갖 예술적 열망들. 그리고 마침내는 시를 쓰는 행위들.

시를 통한 과거의 재경험은 언제나 재구성이라는 관점에서 현재의 욕망과 맞닿아 있다. 현재의 욕망은 나를 어떻게 변화시켜 나갈 것인가의 고민을 자극하여 그 안에 무의식적 상력의 실천들을 기입하는데 이번 시집의 이국적 기호들, 시를 쓴다는 행위의 노출은 바로 그런 의미에서 일차적 전언을 뛰어넘는 무수한 열망을 대리하고 있다고도 볼 수 있겠다. 따라서 앞서 읽었던 인용 시의 "당신은 귀신의 말을 받아써야 하는 팔자를 타고났어!"라는 무당의 말은 단순히 병의 징표가 아니라 여기 말고 다른 세상을 꿈꾸는 오영미의 무의식적 열망이 온통 옥죄어진 현실 속에서도 끝내 그게 전부가 아님을 드러내는 생명력의 징표임을 알 수 있게 된다. 이것이 그녀를 여기까지 이끌고 왔다.

무엇보다도 오영미에게 시는 '입-말'을 억압당했을 때, 간신히 찾아낸 '글-말'의 세계였다는 생각이 든다. 입으로는 말할 수 없는 것들을 글에서는 자유롭게 말할 수 있다. 그녀는 이 지독한 세계에서 가장 끝으로 내몰린 여성이었지만 글을 읽고, 시를 쓰며 겨우 찾아낸 언어로 자신의 핏빛 고통을 기록하고, 남성적 질서의 폭력성을 고발함과 동시에 혐오로 얼룩진 이 세계의 비참을 자기 몸에 체현하여 폭발시켰다. 이럴 때 시는 한 개인의 사적 체험을 공적 예술 장르에 기입할 수 있는 가장 내밀하면서도 친밀한 형식일 수도 있는 것이다. 이 끔찍하고도 고통스러운 자유를 위해 그녀는 시를 쓰는 일을 멈추지 않았다. 내가 이해할 수 있도록 설명해 달라는 남성들로 가득 찬 세계에서 여성의 말은 귀신의 말이기도 하다. "귀신의 말을 받아써야 하는 팔자를 타고났"다는 말을 나는 꼭 시를 써야 해, 라는 말로 받아 내었다면 우리는 당신에게 이런 말을 들려주고 싶다. 우리가 차마 당신은 아니지만, 당신이 꿈꾸는 바로 그 세상을 응원한다고. 우리는 당신의 시집을 읽으며 그 고통과 분노에 감응하며, 끝내 우리 자신을 바꾸어 나가는 의식적인 노동을 계속해 나가겠다고.